DANCING★HIGH

図書館版

ダンシング★ハイ

工藤 純子

カスカベ アキラ◉絵

強引な天使とダンスの王子さま!?

ポプラ社

ダンシング★ハイ

強引な天使とダンスの王子さま!?

佐久間《さくま》先生
イッポのクラスの担任《たんにん》。
クールな美人。
野間一歩《のまかずほ》／イッポ
小学5年生。
ドジで引《ひ》っ込《こ》み思案《じあん》だけど、
歌だけはちょっと得意。
白鳥沙理奈《しらとりさりな》／サリナ
おしゃれでかわいい、
クラスの女子の中心的存在《そんざい》。
家はバレエ教室。

人物紹介《じんぶつしょうかい》
東海林風馬《とうかいりんふうま》／ロボ
家は写真館で、カメラが好き。
運動は苦手だが、太極拳《たいきょくけん》をしている。
一条美喜《いちじょうよしき》／ミッキー
かっこいいけど、
無愛想《ぶあいそう》な一ぴき狼《おおかみ》。
ダンスが得意!?
杉浦海未《すぎうらうみ》／ネコ
動物好き。
特にねこが好きで、
自分で洋服をねこ風に
アレンジしている。

もくじ

1 運命の出会い!?

「ワン、ツー、スリー、フォー！」

ドン、ドン、ドスン、バタン！

朝からさわがしい音がする。この音の正体は……。

「もー、お母さん！　うるさくて寝《ね》てられないってば！」

あたしはとびおきて、リビングにかけこんだ。

「一歩《かずほ》、はやいじゃない。きょうから新しい学校だもんね！　はりきってるぅ！」

そういいながら、お母さんの体は止まらない。テレビ画面の中の、きれいなお姉さんの動きにあわせておどっている。

お母さん、最近目覚めちゃったんだよね……ジャズダンスに。

あきもせずに同じDVD《ディーブイディー》を見ながら、毎日おどっている。やせるためとかいってるけど、はっきりいってその効果《こうか》はあやしい。

「一歩《かずほ》もいっしょにやんない～？」

そういって、ワン！　ツー！　と、足をあげたり手をのばしたりしている。

「そんなにバタバタしたら、近所迷惑《めいわく》だよ！」

「あ～ら、ひどいわねぇ。一歩だって、お風呂《ふろ》で大声だして歌ってるじゃない」

「え？　きこえてたの!?」

あちゃ～。そんなに大きな声をだしているつもりなかったのに……。

「いいの、いいの。一歩は、野間《のま》家の実力ナンバーワンなんだから！　カラオケ大会だって、優勝《ゆうしょう》したじゃない」

「そ、それって、幼稚園《ようちえん》のころのことでしょ！　きょうから、五年生なんだから！」

ちょっとは、デリケートなあたしの気持ちも考えてほしい。お父さんの仕事の関係とはいえ、五年生で転校だなんて。

学校でひとりぼっちなんてカッコ悪い。でも、いまさら新しい友だちを作るのはむずかしそう。ましてや、仲のいい友だちなんか……できるのかなぁ。

やっとおどるのをやめたお母さんが、汗《あせ》をふきながら、あたしのどんよりした顔をのぞきこんできた。

「だいじょうぶよぉ。胸《むね》をはって、最初のあいさつで笑いをとって、みんなの心をガシッとつかんじゃえ！」

そういって、バシンッとあたしの背中《せなか》をたたくと豪快《ごうかい》にわらった。

あ〜あ、どうしてこんな能天気《のうてんき》なお母さんから、あたしが生まれたんだろう……。


新しい学校のろう下は、ピカピカしててやけに長かった。

あたしは不安におしつぶされそうになりながら、先生のうしろについて歩いた。ざわめいている教室の入り口で、大きく深呼吸《しんこきゅう》する。先生がガラリととびらをあけると、教室は一瞬《いっしゅん》しずかになって、再《ふた》びざわめいた。みんながこっちを見て指さしたり、ひそひそ話したりしている。

「はいはい、しずかに。そこ、ふざけない！」

五年一組の担任《たんにん》、佐久間《さくま》先生は、美人でクールな感じだけど、怒《おこ》るとけっこう迫力《はくりょく》がある。あっという間に、全員がしずかになった。

「起立」

日直らしき男の子が、音もなくスッと立ちあがった。

わ……かっこいい！

すずしげな目、すっと高い鼻、長めの前髪《まえがみ》にきりっとした眉《まゆ》。ドキドキと胸《むね》が高鳴り、思わず見とれてしまう。まるで、運命の王子さまって感じ。

こんな子と同じクラスになれるなんて、ちょっとラッキーかも。

「おはようございます」ってあいさつとともに、みんなはすわって、あたしを見つめた。

「きょうは、みんなに新しい友だちを紹介《しょうかい》します」

先生が、黒板にあたしの名前を大きく書いた。いよいよ、自己《じこ》紹介だ。

「あ、あの、野間一歩《のまかずほ》って、いいます」

う〜、緊張《きんちょう》する。落ちつけ、落ちつけ……。そうだ！　大勢《おおぜい》の前で話すときは、だれかひとりに語りかけるようにするといいってきいたことがある。

あたしはとりあえず、さっきの日直の男の子のほうを見た。ほおづえをついてそっぽを向いているし、ちょうどいい。

「えっと、転校してきた理由は……」

お父さんの転勤《てんきん》ですっていおうとした、そのとき。ふいに男の子がこちらを向いて、バチッと目があった。

ドッキーン！

「う、う、う、運命です！」

みんなが、ぽかんと口をあけて教室がしずまりかえった。

あれ？

し、しまった！　つぎの瞬間《しゅんかん》、教室がどおっと笑い声に包まれた。

頭に血がのぼる。全身から汗《あせ》がふきでた。

「こら、わらわなーい！」

佐久間《さくま》先生が大声でいうけれど、笑いはおさまらない。それ以上立っていることができなくて、あたしはぺこっと頭をさげると、先生に「もういい」と目でうったえた。

佐久間先生も察してくれたみたいで、窓《まど》ぎわの席を指さすと、

「野間一歩《のまかずほ》さん。みんな、よろしくね」

といって、すぐに授業《じゅぎょう》に入った。

国語の教科書で顔をかくしながら、あたしは落ちこんでいた。「運命の王子さま」なんてうかれてたから、あんなこといっちゃったんだ。肝心《かんじん》なときにバカみたい。あの男の子だって、あきれてわらってたにちがいない。

はぁ……。

五年生で転校だなんて、やっぱり最悪。小学生になってから、四年間かけて築《きず》いてきたものが、すべてゼロにもどった気分。ううん、いまの自己紹介《じこしょうかい》で、マイナスからのスタートだ。

そのとき、トントンと背中《せなか》をたたかれてふりむいた。

「野間《のま》さん、よろしく」

ふわっと、天使が舞《ま》いおりてきたのかと思った。すきとおるような栗色《くりいろ》の髪《かみ》に、色白の顔。まつ毛はクリンとカールして、ぱっちりした目。ちょっと首をかしげてほほえむ姿《すがた》も、とってもかわいい。

「わたし、白鳥沙理奈《しらとりさりな》っていうの」

高くて、キュンッとときめくような声。洋服も、ファッション雑誌《ざっし》からぬけでたようなセンスで……。

いけない、あいさつしなくちゃ！

「よ、よろしくお願いします！」

頭をさげたら、ゴンッて白鳥さんのつくえにおでこをぶつけた。白鳥さんの、きょとんとした顔。

あ〜、またやっちゃった！

泣きたい気持ちになりながら、あわてて前を向いた。うしろから、くすくすと小さな笑い声がきこえてくる。

あたしは、いますぐこの場から消えてしまいたかった。


休み時間も、あたしは自己紹介《じこしょうかい》の失敗をひきずっていた。

あんなんじゃ、きっとだれも話しかけてくれやしない。かげで、わらわれてるかも。

そう思うと自分から話しかける勇気もなくて、教科書を見ながらひたすら時間がすぎるのを待った。

「野間《のま》さん」

ふと顔をあげると、うしろの席の白鳥《しらとり》さんが、あたしのつくえの前に立っていた。

しかも、白鳥さんのまわりには、たくさんの女子もついてきて……。みんなにかこまれている白鳥さんは、まぶしく輝《かがや》いて見えた。

「転校してきた理由が運命だなんて、野間さんって、ユーモアがあるよね」

白鳥さんがまわりの子たちに向かって話しかけると、みんなが「ホント、ホント！」とうなずいた。

「え……そうかな？」

あたしはびっくりして、目をぱちくりさせた。

「そうだよ。わたしも、なんだか運命感じちゃう！」

は？　どうして白鳥《しらとり》さんが、運命を感じるの？

「みんな、野間《のま》さんと仲よくしようね！」

白鳥さんがそういってほほえむと、ほかの女の子たちも、「よろしくね」って声をかけてくれた。白鳥さんはきっと、このクラスの女子のリーダー的存在《そんざい》にちがいない！　あたしったら、なんてラッキーなんだろう！

なんだか少し、ホッとした。

でも……世の中はそんなにあまくなかった。

初日は午前中授業《じゅぎょう》で、そうじがあって、おわり。さりげなく白鳥《しらとり》さんをさがしたけど、どうしても見つからない。あたしを気にかけてくれたのは白鳥さんくらいで、ほかの女子はそれぞれおしゃべりに夢中《むちゅう》。あたしの存在《そんざい》なんて、目に入らないみたい。

「ねぇ、きのうのA《エー》ガールズの特集見たぁ？」

「見た見た！　歌もダンスもいいよねぇ！」

Aガールズは、いま一番人気のアイドルグループ。歌いながら、キレのいいダンスをおどって超《ちょう》クールだから、あたしも大好き！　新しいアルバムの曲だって、もう全部歌える。

「あたしも好きなんだ！」っていいたいけど、いきなり入っていったらひかれるかもしれない。しーんとしたら、どうしよう。

ううん、勇気をださなくちゃ！

「いたいっ！」

話しかけるタイミングをはかっていたら、だれかのひじが、あたしの背中《せなか》にぶつかった。ふりむくと、ゴミ箱を持った男の子が、ジロッとあたしをにらんだ。
あ！　運命の……王子さま。
かあっと、顔が熱くなる。あせってどぎまぎしていたら、王子はあやまりもせず、
ふんっとそっぽを向いて通りすぎていった。
な、何!?　あの態度《たいど》！
ムッカァ～！　だいたい、あいつのせいで笑いものになっちゃったんじゃない！
あたしは王子の背中《せなか》を目で追って、思いきりにらんだ。
でも……やっぱりかっこいいな。足も長いし、ほかの男子とちがって大人びた雰囲《ふんい》
気《き》だし。それに、だれかとふざけたりしないで、ひとりで黙々《もくもく》とそうじをしているの
もいい感じ。まじめそうなところも、好感度高いかも……。
イヤイヤ、そんなかんたんにだまされちゃダメ！
あたしは首をふると、力をこめて窓《まど》をふいた。
「じゃあ、またね」

「バイバーイ」

ふと気がつくと、いつの間にか教室がきれいになっていて、みんなが帰りはじめていた。

あわててぞうきんをあらいにいって教室にもどると、もうだれもいなかった。

だれかひとことくらい、声をかけてくれてもいいのに……。

きょうはつかれた。ガランとした教室には、まだみんなのにおいが残っているのに、どこかよそよそしい感じがする。

最悪の初日だ。

絶望的《ぜつぼうてき》な気分でランドセルを背負《せお》いかけて、トイレにいきたいのを思いだした。われながら、ドンくさい。

「え〜と、トイレはどっちだっけ」

つぶやくと、急にひとりぼっちが身にしみてきて、じわっと涙《なみだ》がでそうになる。

トイレはすぐに見つかったけど、中にはだれもいなかった。慣《な》れてないトイレって、ちょっとこわい。急いで入って、すぐに個室《こしつ》からでようとしたとき、ろう下に面したドアがひらく音がした。

「ったく、ざけんなってんだよ！　くっそ〜！」

ガンッとかべをたたくような音がして、びくっと手が止まった。

ひぇ！

つづいて、ガシャンッと、バケツをけとばす音。

わ、この学校って、もしかして、あれてるの？　校内暴力《ぼうりょく》とか？

さーっと血の気がひいた。こんな子に目をつけられたら、さらに悲惨《ひさん》な小学校生活になる！

あたしは息を殺した。

神さま、お願い！　どうか、この悪魔《あくま》のような子に、気づかれませんように！

ジャーッと洗面所《せんめんじょ》で水の流れる音がして、うらみのこもった声がきこえた。

「どいつもこいつも……いまに見てなさいよ」

そういいのこして、足音はろう下に遠ざかっていった。

よ、よかった。手をあらいにきただけみたい。もう、外にでていった。

あたしは、しばらく待ってしずかになったことを確認《かくにん》すると、トイレのカギに手をかけた。

あ、あれ？

ガチャガチャガチャ。

あ、あかない！

カギをスライドさせても、ドアがあかない。ひっぱっても、おしてもあかない！

こ、これはもしかして、転校生いじめ!?

あたしをトイレにとじこめて、どこかでだれかがわらってて……。いやいや、あたしがトイレにいくことも、ここに入ることも、だれも知らないはず。

でも！　とにかく、でられないと帰れない！　トイレからでられなかったなんて知られたら……今度は、学校中の笑いもの!?

あたしは必死で、ドアをけったりおしたりした。

「だ、だれか、助けて～！」

そういったのと、またたれかが入ってくる音がしたのと同時だった。

よかった！　助けが……。

「何やってるの？」

ドアのすぐ向こうで声がした。声の調子はちがうけど、ききおぼえがある。さっきのこわい子……いや、悪魔《あくま》だ！

あたしは、思わずだまりこんだ。

「だいじょうぶなの？」

やさしい声で問いかけてくる。いまさら、いないふりはできない。

「だ、だいじょうぶ、です」

「さっき、助けてっていってなかった？」

「いや、あれは……」

「もしかして……ずっとここにいた？」

口調《くちょう》がガラリと変わって、低い声になる。

「ハンカチ忘《わす》れちゃって、とりにきたんだけど……。さっき、わたしの罵詈雑言《ばりぞうごん》、きいた？」

バリゾウゴン……この子、すごい言葉を知ってる。あたしは本を読むのが好きだからたまたま知っているけど、バリゾウゴンなんて知ってる小学生、あまりいないと思う。実際《じっさい》に使う人は、もっといないと思う。頭の中で、危険《きけん》信号が点滅《てんめつ》した。

「い、いえ、きいてませんっ！　くっそ～、なんて……」

「ふ～ん、きいたんだ」

ま、まずい……ばれた！　こわいくらいのしずけさがただよった。

「わたしの秘密《ひみつ》を知っちゃったなら、ただじゃすまないなぁ」

「す、すみません、すみません！」

あたしは泣きそうになりながら、せまいトイレで頭を思いきりさげた。

ゴンッ。

いった～い。また、おでこをぶつけた。

「で、どうすんの？　このドア、こわれててさ、あけるのにコツがいるんだよね。わたしならあけられるけど。ずっとここにいる？　それともでたい？」

イライラした声だった。

このままここにいるか。外にでて悪魔《あくま》と対面するか。ふたつにひとつ。

ど、どっちもいやだけど……。

「あ、あの、あたしは、だいじょうぶなので」

声がうわずった。きっと、そのうち見まわりの先生が見つけてくれる……と思う。

「あっそ。いっておくけど、きょう、他校と合同の職員《しょくいん》会議で、先生たちもいなくなるらしぃから。じゃーね」

え？　え～!?　そ、そんなことを捨《す》てぜりふに、帰らないでよ～！

足音が遠ざかっていく。本気で見すてるつもりだ！

「あ、あの！」

声をあげると、キュッとうわばきがこすれる音がした。

「どっちよ！」

きゃ～！　イライラが、マックス！

「お、お手数ですが……あけてください」

ううう、こわいよぉ。

「しょうがないなぁ」

その子は、チッと舌打《したう》ちをしつつも、もどってきてくれた。

「ねぇ、ところで」

すごみのある、低い声がした。まだ、何か……？

「運命って、信じる？」

ま、また運命!?　考える間もなかった。

「し、信じます！」

そういうしかない。だって、ここで出会ったのも、きっと運命。

ドアの向こうで、ポキポキポキッと指を鳴らす音がした。ちょっと後悔《こうかい》しかけたけど、もうおそい。あたしはおとなしく一歩さがってうつむくと、両手を組んで目をつぶった。

ああ、神さま、あたしの選択《せんたく》は正しかったんでしょうか。残っても地獄《じごく》、でても地獄……。

ガンッ、ガンッ、ガンッ。

三回、ドアの下をける音がした。

つづいて、体当たりする音。

ドンッ。

ドアがあいた。パーッと光がさしこんできて、目を細めた。

そのときドアの向こうに見えたのは……天使の姿《すがた》だった。

2 天使か？　悪魔《あくま》か？

「し、白鳥《しらとり》さん!?」

「やっぱ、野間《のま》さんだったんだ。ドジだねぇ。転校初日に、トイレにとじこめられるなんて。しかも、ここだけだよ、あきづらいの。よほどついてないんだね。そういえば、ちょっと不幸のオーラがただよってるかも。なんか自信なさそうだし、いじけ気味だし……」

白鳥さんはあきれながら、つぎつぎと毒《どく》をはきまくった。

「あ、あのぉ」

あたしは、いいかえすこともできず、混乱《こんらん》していた。天使の白鳥さんと、さっきの悪魔《あくま》みたいな声が結びつかない。いや、さっきのことは、夢《ゆめ》だったのかもしれない。

「わたしの秘密《ひみつ》、知っちゃったよね？」

「はい？」

「わたしこれでも、学校じゃ『やさしくて、かわいいサリナちゃん』で通ってるんだよね」

「へぇ……」

「わたしは、秘密を明かして、野間《のま》さんを助けたことになる」

「そう……かな？」

「ってことは、恩人《おんじん》だよね。何しろ、ずっととじこめられてたら、野垂れ死《のたじ》にしてたかもしれないし」

そんなことにはならない……って思ったけど、いわなかった。だって、ノタレジニって言葉が白鳥《しらとり》さんの口からでるのは、似合《にあ》わないなぁってことのほうが気になったから。

「ということで、いっしょにきて」

白鳥さんは、くいっとあごでろう下をさした。

あたしは急いで手をあらうと、白鳥《しらとり》さんのあとを追いかけた。

あたしと白鳥さんは、トイレをでて、ランドセルをとりに教室にいった。でもそのまま帰るようすはなく、昇降口《しょうこうぐち》を通りすぎてしまった。

「ちょっ、ど、どこへ!?」

白鳥さんは、返事をしない。まっすぐに向かっていくのは……。

「職員室《しょくいんしつ》!?」

あたしはびっくりした。職員室って苦手《にがて》。べつに悪いことをしたわけでもないのに、なぜかびくびくしてしまう。

それなのに、白鳥さんは少しもひるむことなく、ガラッととびらをあけた。白鳥さんのいっていた通り、合同職員会議のせいか、先生たちはほとんどいなかった。

「失礼します!」

はっきりといって、向かう先には佐久間《さくま》先生がいた。

「まーだ、帰ってなかったのぉ?」

先生が、だるそうにこたえる。

「佐久間《さくま》先生こそ、職員《しょくいん》会議はどうしたんですか？」

強い口調《くちょう》で白鳥《しらとり》さんがいうから、あたしはハラハラした。

「いそがしいから、あとからいくのよ」

「いそがしそうには、見えませんけど？」

うわ……ふたりの間に、バチバチと火花が散っているように見える。ほんとうに、先生と生徒!?

「それより、何の用？ 手短にしてほしいんだけど」

佐久間先生が、わざとらしく目の前の書類をたばねながらいった。

「コーチの件《けん》です」

「コーチ？」

とぼけた声だけど、その目はこわいくらいにするどい。

「前、いってましたよね？ わたしがダンスチームを作りたいからコーチをしてほしいっていったら、ひとりじゃダメだって」

「そうね。ひとりじゃチームにならないし」

佐久間《さくま》先生が、前髪《まえがみ》をかきあげた。間近で見ると、ますます美人。ほとんどお化粧《けしょう》をしていないことが、ととのった顔立ちをよけいにきわだたせている。

「もうひとり、連れてきました」

ん？　もうひとり？

きょろきょろとまわりを見まわす。いないよね、あたししか……。

「野間《のま》さん……ってこと？」

佐久間先生も不思議《ふしぎ》そうな顔をする。

「はい。ダンスチームに入ることを、承知《しょうち》してくれました」

白鳥《しらとり》さんの言葉を、頭の中でくりかえした。

だんす……ダ・ン・ス？

「だ、ダンスぅ〜!?」

あとずさったら、うしろのイスにぶつかって、しりもちをついた。

「ム、ムリムリムリ〜！　ダンスなんて、ムリに決まってる！　あたし、運動音痴《おんち》だし、体かたいし、方向音痴《おんち》だし！」

すると白鳥《しらとり》さんは、天使の笑顔を見せた。

「運動音痴でもだいじょうぶ。体がかたいのは、ストレッチすればやわらかくなる。方向音痴は関係ないでしょう？」

やさしい言葉に、思わずうなずきそうに……イヤイヤ！

「ゴ、ゴメン！　あたし、合唱部に入ろうかなって思ってたんだ！　前の学校でもそうだったし……」

何をやってもダメなあたしが、唯一《ゆいいつ》ちょっと得意なものが歌だ。それに、合唱部に入れば、そこで友だちができるだろうと考えていた。きょうは失敗したけど、前の学校のときみたいに、クラブで仲よしを見つければいいと……。

ところが白鳥さんは、同情《どうじょう》するような顔をした。

「うちの学校、合唱部ないよ。ダンスも、クラブがあるわけじゃないけど……」

「え～！」

衝撃的《しょうげきてき》だった。合唱部がないなんて……。あたしの計画が、ガラガラとくずれていく。どうしよう。ううん、いまはまず、ダンスのほうをことわらなきゃ！

「と、とにかくダンスはムリ！　白鳥《しらとり》さんは、あたしのこと知らないから……」

「あれ、野間《のま》さん」

白鳥さんの眉間《みけん》にしわがより、顔がじょじょに変化する。

「さっき、助けてあげたよね？　わたし、恩人《おんじん》だよね？　恩人のたのみがきけないなんて、そんなことないよね？」

「えっと、その……」

わ、目がつりあがって、顔がこわーい！

「ちょっと待って」

佐久間《さくま》先生の救いの手がのびてきた。ゆっくりと、あたしをおこしてくれる。

た、助かった……。

「たしかに、ひとりじゃムリっていったけど、ふたりならいいなんていってない」

佐久間先生が、白鳥さんをにらんだ。

「じゃあ、何人集めればいいんですか？」

「……最低でも」

そういって先生は、てのひらをつきだした。

白鳥《しらとり》さんは、ふっとわらった。

「わかりました。五人集めれば、先生がダンスを教えてくれるんですよね？」

え？　佐久間《さくま》先生が、ダンスを教えるの？

すると、それまで強気だった佐久間先生の目が、うろうろと泳いだ。

「それは……」

「約束ですよ。五人、集めますから」

白鳥さんは念をおすと、くるりとまわって職員室《しょくいんしつ》からでていった。

つぎの日、白鳥《しらとり》さんは何事もなかったかの

ように、「おはよう」と声をかけてきた。それがきっかけみたいに、ほかの子もつぎつぎと声をかけてくれる。

やっぱり、人気者が声をかけてくれるとちがうんだな……。

白鳥《しらとり》さんはにこやかにみんなと話をしている。こわい顔なんてちっとも見せないし、ダンスのことも口にしない。

きのうのことは、何かのまちがいだったのかな……なんて思ってしまう。

昼休み、女の子たちが白鳥さんの席に集まってきて、ドラマの話なんかをしはじめた。そして白鳥さんの前の席のあたしも、自然とその輪に入れてもらうことができた。

「きのうの話、こわかったよね～」

「でも、見ないと気になるしぃ」

そんなふうにもりあがっている。実はあたし、こわいのが苦手《にがて》だから、そのドラマを見たことないんだけど「そうだよね～」って話をあわせた。

「日直、プリントとりにきて」

佐久間《さくま》先生にいわれて、白鳥さんが「はい」と席を立った。「がんばってね～」なんて声があがったあと、みんながサッと視線《しせん》をかわしてからあたしを見た。

「ねぇ、野間《のま》さんは、さそわれた？」

「え？」

いきなりいわれて、なんのことかわからなかった。

「ダンスだよ。ダ・ン・ス！　サリナちゃん、ダンスのことになると、人が変わっちゃうからね～」

そういって、みんながうなずきあう。

その感じがちょっと意地悪っぽくて、あたしはドキッとした。

「ダンスしようっていうから、いいよって気楽にひきうけたら、いきなり腕《うで》立てふせ五十回とかいうんだよ」

「わたしも～。ストレッチとかマラソンとかさぁ。ムリムリ～！」

「そんなのちっともダンスじゃないよね。スパルタって感じ？」

みんなが、わっとわらった。

あたしはだんだん息苦しくなってきた。こういうの、すごくイヤ。さっきまで、みんな白鳥《しらとり》さんをちやほやしていたはずなのに。

「野間《のま》さんも、さそわれるかもー」

「でもサリナちゃん、声かける人を選んでるみたいだよ」

そういいながら、だれだれはかわいいからとか、運動神経《しんけい》がいいからとか、おたがいをほめあっている。なんか、バカバカしい……。

白鳥さん、本当にダンスが好きなんだな。

そんなに夢中《むちゅう》になれるものがあるなんて、うらやましいと思うけど。

あたしは心の中でつぶやいた。


「きょう、いっしょに帰らない？」

そうさそわれて校門をでたものの、白鳥さんはなぜか不機嫌《ふきげん》そう。

「あ、あのさぁ」

さっきからなんとか話しかけようとしているのに、ちっともふりむいてくれない。

なんだかもう、さっぱりわからないよ。

とりまきの子たちと同じって思われたらイヤだけど、あたしなんかにダンスはムリ。ちゃんとことわっておいたほうがいいと思う。

「あの……」

いいかけたとき、

「あ、サリナちゃん！」

向こうから、もういったん家に帰って遊びにいくところらしい子たちがやってきた。

白鳥《しらとり》さんも顔をあげる。

「おそかったね。これからみんなで、ハルちゃんちにいくんだけど、サリナちゃんもどう？」

親しげにわらいかけているのは、白鳥さんを「スパルタ」といってた子だ。変わり身がはやいと思っていたら、白鳥さんもむっつり顔から天使の笑顔になっていた。

「ごめーん、きょう、ピアノがあるから。ありがとね、バイバイ！」

思わず唖然《あぜん》としてしまう。

みんながいってしまったあと、あたしは白鳥さんをじーっと見つめた。

「何よ」

「……ううん、別に」

「はっきりいってよ！」

白鳥《しらとり》さんの強い口調《くちょう》におされて、あたしはおずおずとこたえた。

「そういうの、つかれないのかなと、思って……」

「そういうのって？」

「だって、さっきとみんなの前とでは、態度《たいど》が全然ちがうし……」

あたしにはわからなかった。どっちがほんとうの白鳥さんなのか。

「わたし、みんなで仲よくって得意じゃないの。でもそれじゃあ、やっていけないでしょう？　だから、みんなが勝手に作ったイメージにあわせているだけ。野間《のま》さんも、そういう感じかと思った」

「あ、あたしは、そんなこと……」

みんなにあわせて、無難《ぶなん》にすごせればいいと思っていたあたしは、それを見すかされたようで思わず目をふせた。

「でも、ときどき、自分がおさえられなくなっちゃうときもあるけどね」

さびしそうにいう白鳥《しらとり》さんに、ドキッとした。

それってどういうとき？　って、きこうと思ったけどやめた。これ以上ふみこんでいいのか、よくわからない。何しろ知りあってから、まだ二日目だし。

またしーんとして、息がつまりそうになった。こんなことなら、いっそあの子たちと遊びにいってくれたらよかったのに……。

そうだ！　ダンスのことをことわらなくちゃ！

「あ、あの、あたしやっぱり、ダンス、ムリだよ。腕《うで》立てふせ五十回とかできないし、マラソンも苦手《にがて》だし……」

白鳥さんにじっと見つめられて、ハッとした。この情報《じょうほう》は、ほかの子たちからきいたんだっけ！

白鳥さんはすべてを察したように、はぁっとため息をついた。

「みんな、根性《こんじょう》ないよね。ダンスのために、どうしてそれくらいできないんだろう？」

いや、ダンスのために、そこまでやる人のほうがめずらしいと思うけど……。

今度は、白鳥《しらとり》さんがきいてきた。

「野間《のま》さんは、合唱部に入りたいっていってたよね？　歌が好きなの？」

とつぜんの質問《しつもん》に、あたしは反射的《はんしゃてき》にうなずいた。

「もしかして、舞台《ぶたい》で歌ったこともある？」

「うん……、まぁね」

そういうと、白鳥さんは空を見あげて、まぶしそうに目を細めた。

「舞台で歌うのって、気持ちいいだろうね。野間さんっていい声してるし、思いきり声をだして……」

「ださないよっ」

思わず強い声でいいかえしてしまって、あたしは口をつぐんだ。

「どうしたの？」

白鳥さんが眉《まゆ》をよせて、さぐるような目であたしを見た。

「……合唱部って、みんなで歌うから、ひとりだけ大きな声をだしたら目立っちゃうじゃない？　やっぱり、ハーモニーが大切だし……」

あたしは、いいわけがましくいった。

「だから、思いきり歌っちゃダメなの？」

「あたし……、歌うとつい声が大きくなるから、みんなに迷惑《めいわく》かけるもん」

イヤなことを思いだして、うつむいた。合唱部に入ったばかりのとき、はりきって、楽しくて、いつも大きな声で歌ってた。そしたら、いつの間にかういちゃって、なんとなく女の子たちの輪からはずれて……気がついたらひとりぼっちになっていた。

そのとき、ひとりの子にいわれた。

「もっと、まわりの空気を読んだほうがいいよ」

それからあたしは、大きな声で歌うのをやめた。またみんなと仲よくなれるまで、どれほど大変だったか……思いだしたくもない。あのとき、あたしは学んだ。みんなと仲よくやっていくには、みんなにあわせなくちゃいけないって……。

そうすれば、輪からはじきだされることはない。でも、それとひきかえに、歌うことの楽しさは半減《はんげん》した。

「合唱部、ほんとうに楽しかったの？」

白鳥《しらとり》さんが疑《うたが》うような目で、あたしのことをじっと見つめた。まるで、心の中をのぞかれているようで、思わず目をそらした。

「も、もちろん。歌うの、好きだし……。五歳《さい》のとき、カラオケ大会で優勝《ゆうしょう》したこともあるんだ。あのときは、スポットライトをあびて気持ちよかったなぁ」

近所の神社の夏祭りでやっていたカラオケ大会に、大人にまじって参加した。いま思うと、小さい子がいっしょうけんめい歌ってたから、おまけで勝たせてくれたんだと思うけど。

たくさんの拍手《はくしゅ》を思いだす。あのときは、まだまわりのことなんて気にしないで、思いきり歌えた。

「いまじゃ、あんなふうにひとりで歌うなんて、絶対《ぜったい》にムリだけどね」

卑屈《ひくつ》にわらって、ぽつんとつぶやいた。空気がしずみこんで、しんとする。

ああ、しまったなぁ。あたしったら、超暗《ちょう》い子って感じ。話題もつまらないし、白鳥さん、がっかりしてるだろうな……。

そんなふうに思っていると、白鳥さんがとつぜんあたしの前にまわりこんで、がしっと両肩《りょうかた》をつかんだ。

「ムリなんかじゃない！」

あたしは、びっくりして白鳥《しらとり》さんを見つめた。

「野間《のま》さんは、変わりたいって思ったことない？」

「え……」

「わたしはあるよ。いつも、変わりたいって思ってる」

一瞬《いっしゅん》、からかわれているのかと思ったけど、白鳥さんの目は真剣《しんけん》だった。

「どうして？　白鳥さんは堂々《どうどう》としているし、かわいいし、友だちも多いし……」

いってるとちゅうで、白鳥さんがふっと視線《しせん》をそらした。

「野間さんには、わからないよ」

そういって、肩から手をはなす。急につきはなされたようで、つい本音がとびだした。

「白鳥さんにだって、あたしの気持ちがわかるはずない！　あたしは、転校してきたばっかりで、心細くて、友だちもいなくて……」

「野間《のま》さんは、友だちがほしいの？」

白鳥《しらとり》さんのストレートなきき方に、あたしは言葉につまった。

「じゃあ、ちょうどいいじゃない。取引しよう」

「取引？」

「わたしが、野間さんの友だちになってあげる。そのかわり、野間さんはダンスをやる。それでどう？」

友だち……取引……ダンス？

「そんなの……」

あり？

あたしは、ゆっくりと深呼吸《しんこきゅう》した。頭の中ですばやく計算する。

ダンスなんてできそうもないってことは、ちゃんと伝えた。だからあたしがヘタだったとしても、文句《もんく》はいえないはず。それに、とりあえず白鳥さんと友だちになれば、自然とみんなの輪に入っていける……。

「わかった」

ごくっとつばをのんで、返事をしていた。

取引で友だちなんて、サイテーだけど……。これも残りの小学校生活のため！

「取引成立だね」

白鳥《しらとり》さんが、ニヤリとわらって手をさしだしてくる。ニセの友だちなのに、握手《あくしゅ》なんてしていいのかな。

まよっていると、強引に手をにぎられた。それでも手がふれあった瞬間《しゅんかん》……くやしいけど、やっぱりちょっと、うれしかった。

3 ふたりだけの秘密《ひみつ》

つぎの日の三時間目は、体育の授業《じゅぎょう》だった。

「サリナちゃん、はやくぅ」

ほかの子にさそわれているのに、白鳥《しらとり》さんは、ぐずぐずと着がえているあたしを待っていてくれた。

「先にいってて」

白鳥さんが、ほかの子たちにいう。

「サリナちゃん、やさしい～。じゃあ、いってるね」

ひとりにならないですむことはうれしいけど、取引したからだと思うと、ちょっと気がひける。

「あの、先にいってくれても……」

「いいじゃない、わたしたち、友だちなんだから」

そのいい方に、顔がカッと熱くなった。

「それって、取引だから？」

あたしもついムキになって、そんなふうにいいかえしてしまう。

でも、白鳥《しらとり》さんは「だったら何？ 文句《もんく》ある？」と平気な顔をしている。情《なさ》けないけど、いいかえせない。

あたしたちはぎくしゃくしたまま、いっしょに体育館に向かった。

佐久間《さくま》先生が、ジャージ姿《すがた》であらわれた。長い髪《かみ》をひとつに結んでかっこいい。

ピーッとホイッスルが響《ひび》く。

「ハイ、まずは準備体操《じゅんびたいそう》！」

まだ春休みの雰囲気《ふんいき》をひきずっているせいか、みんなの動きはだらだらしていた。

とちゅうで佐久間先生は、「やめっ」とするどい声をあげた。

「そんないいかげんな準備体操じゃ、何もできないよ！」

そういわれても、みんなはやる気ゼロ。イライラしたようすの先生は、腰《こし》に手をあてて仁王《におう》立ちした。

「きょうは予定を変更《へんこう》して、徹底的《てっていてき》にストレッチをやります」

「え〜！」「なんだよ、それ〜」という不満の声が、体育館に響《ひび》いた。それでも佐久《さく》間《ま》先生は、かまわずにつづけた。

「ストレッチだって、りっぱな運動なんだから。きちんとやればきたえられるし、体にもいいの！　じゃあ、はじめ！」

先生はホイッスルをふきながら、ストレッチをやりはじめた。みんなも、しかたないというように同じ動作をする。

そのうち、先生は列の間を歩きまわりはじめた。

「ひざがまがってる！」

「もっとまっすぐ腕《うで》をのばして！」

ちょっとでも気をぬくと注意されそうで、あたしもいつになく真剣《しんけん》に体を動かす。

腰に手をあてて、グーッとうしろにそらすと、それだけで背中《せなか》や首がいたい。

「野間《のま》さん、背筋《はいきん》が弱いと体のバランスが悪くなるよ！」

え……。

あたしは体がかたいけど、背筋が弱いなんて、意識《いしき》したこともなかった。これだけで、わかっちゃうものなの？

佐久間《さくま》先生の指摘《してき》におどろいていると、くすくすと笑い声がきこえてきた。

「相変わらず、おかしな動きだよな」

「わらえる〜！」

みんなの視線《しせん》を追うと、五列あるうちの最前列に、メガネをかけて、ひょろっと背《せ》の高い男の子がいた。いかにも運動が苦手《にがて》そう。あたしもそうだから、わかるんだよね。体を動かすのに必死で、まわりのことなんて目に入らない感じ。先生のホイッスルにもちっともあってなくて、超《ちょう》スローペース。動きがぎこちなくて、まるでさびたロボットみたい。

そのうち、まわりにいる子たちがその子のまねをしはじめた。

わらいながら、おかしな動きをはじめる。それに気づいたメガネの子は、ぴたっと止まってうつむいた。

「だーはっはっは！」

大きな笑い声がおきる。佐久間《さくま》先生が気づいて、ピーッとホイッスルを鳴らした。

「そこ！　まじめに！」

注意されて、みんなはまた自分の動きにもどっていった。

一番うしろの列にいるあたしには、みんなの動きがよく見える。ほとんどの子は、先生が近づいたときだけピシッとやって、あとは適当《てきとう》。まじめにやっているふりをしているだけ。

そんな中、やたらとジャンプ力がすごくて目立っている女の子がいた。ただはねているだけなのに、すごく楽しそうにしている。ダンッダンッダンッと体育館に足音が響《ひび》いて、まわりのみんなは、ちょっとひいている。

そういえば……と思ってきょろきょろさがすと、ななめ前に王子がいた。王子も、たいていの子といっしょ。やってらんねぇって空気をだしながら、いかにもやる気なさそうに体を動かしていた。だけど、ストレッチでのばした手足は、ハッとするくらいまっすぐできれいだ。佐久間《さくま》先生も立ちどまって、しばらくその動きをじっと見ていた。

白鳥《しらとり》さんは、どうなんだろう。まぁ、こんなのダンスとは関係ないだろうけど……。

白鳥さんを見ると、ほかの子とは全然ちがった。体をまげるときも、のばすときも、こわいくらい真剣《しんけん》。指先やつま先、体のすみずみにまで気を配っていて……まるで、ダンスをしているみたい。特に佐久間先生が近づくと、その動きに力が入るように見えた。

ああやって、先生にアピールしているのかもしれない。

あたしはその根性《こんじょう》におどろいたけど、ちらちらと見ながら、こっそりわらっている子たちもいた。

「バレエやってるから……」

「マジすぎて、やば～……」

あたしは、その声が白鳥さんにきこえなければいいとハラハラした。

白鳥さんも、もうちょっとまわりの空気を読めばいいのに……。

そう思ってハッとした。それって、あたしが合唱部のときにいわれたことだ。

白鳥《しらとり》さんも、あたしみたいに、意外と不器用《ぶきよう》なのかも。

あたしは、少しだけ白鳥さんのちがう面を見つけた気がした。


体育がおわって白鳥さんと教室にもどるとちゅう、ヘアピンがなくなっているのに気がついた。

「体育館で、落としちゃったのかな……」

そうつぶやいたけど、白鳥さんはずっと何か考えこんでいて、スタスタといってしまう。気に入ってるヘアピンだったから、あたしはそっと体育館にもどった。

あれ?

だれもいないと思っていたのに、中から人の気配がする。

おそるおそる、のぞいてみたら……。

お、王子!?

何をしているんだろう?

人気のない体育館でふたりきりなんて、やっぱりあたしと王子は、運命でつながってるのかも！

そんなことを考えてほおをゆるめていると、王子の体が小きざみにゆれだした。

あれ？　音楽が流れてる？　ううん、そんなことはない。それなのに王子を見ていると、なぜかリズムを感じる。

え⁉

王子の体が、ふわっとういた。

バク転⁉

そのまま勢《いきお》いをつけて側転《そくてん》。連続して体をひねって前転。それからたおれこむように両手を床《ゆか》につき、体をターンさせる。背中《せなか》を軸《じく》にしてまわったかと思うと、片手《かたて》で体を持ちあげて、今度は片手を軸にくるくると回転しはじめた。

体をまわす。そらす。ひねる。ジャンプする。一瞬《いっしゅん》たりとも止まらない。重力を感じさせないほどの軽やかさ。

ぞわっと、鳥肌《とりはだ》が立った。

はげしいステップに、汗《あせ》がとびちる。顔は真剣《しんけん》だけど、わずかに口のはしがあがっていた。

わらってる……。

楽しくてたまらないという笑顔。いままで、あんなふうにわらう人を見たことがない。しあわせそうな笑顔が、じわりとあたしにも伝染《でんせん》してくる。

そのとき、窓《まど》からスーッと光がさしこんできて、スポットライトが当たっているように見えた。

きらきらと、輝《かがや》いている。

かっこいい……。

胸《むね》の奥《おく》を、ぎゅっとつかまれた気分だった。

王子はさかだちをしたかと思うと、バネのように体をしならせてブリッジをした。

その勢《いきお》いで床《ゆか》をけりあげると、体をひねるようにして立ちあがった。

トンッという音とともに、きこえるはずのない音楽はやみ、体育館がしずかになる。

まずい！

真正面で向きあう形になり、逃《に》げる間もなく目があった。

「あっ」

王子のおどろいたような顔が、一瞬《いっしゅん》でこわい顔に変わってにらまれた。

「あ、あの、あたし、落とし物して……あ、それ！」

ちょうど、あたしと王子の真ん中あたりに、ヘアピンが落ちていた。王子はゆっくり歩いてくると、それをひろってあたしにさしだした。

「あ、ありがとう……」

これは、夢《ゆめ》？　さっきのは……。

「いま見たことは、ぜんぶ忘《わす》れろ」

「わ、忘れろって？」

「だれにもいうなってことだ！」

おどすようなこわい口調《くちょう》におどろいた。

「は、はい！」

あたしはくるりと向きをかえると、猛《もう》ダッシュした。

やだ、まだドキドキが止まらない。緊張《きんちょう》のせい？　それとも、こわかったから？
ちがう……なんかちがう。このドキドキ。
体中が熱くて、胸《むね》が苦しくて……。さっきのダンスが、頭からはなれない。
どうしよう！

4 メンバーのスカウト

きょうも、白鳥《しらとり》さんにさそわれていっしょに帰った。

「きょうの体育、おもしろかったね」

「え!?」

とっさに王子のおどっている姿《すがた》を思いだして、ドキッとする。ほおが熱くなって、顔をそむけた。

「どうしたの?」

不思議《ふしぎ》そうにきく白鳥さんに、あたしは「ううん!」といってごまかした。

「えっと……。やっぱり、あたしには、ダンスはムリかもって思った。だって、佐久《さく》間《ま》先生にも背筋《はいきん》が弱いっていわれたし。でも、白鳥さんはやわらかいよね。手足がきれいにのびて、優雅《ゆうが》で……」

「ムリしなくていいよ。みんながわらってたの、知ってるし」

……知ってたんだ。

「わたしはバレエをやっているから、そんなふうに見えるのかな。でも優雅に見えるのって、ジャズダンスならまだしも、ヒップホップをやるには向いてないし」

あたしは、思わず立ちどまってしまった。何をいってるのか、さっぱりわからない。

ジャズダンスとヒップホップって、なんのちがいがあるの？

頭の中にハテナマークが並《なら》んだ。

「それって……」

「しぃ！　いた！」

いきなり白鳥《しらとり》さんが走りだしたから、あたしはあわててついていった。

何がいたの!?

すると白鳥さんはとつぜん立ちどまり、電柱のかげにサッとかくれた。

「ちょっと、白鳥さん」

「しっ！」

人さし指を立てられて、あたしは息をとめた。白鳥《しらとり》さんが見ているほうを見たら、女の子がひとりで歩いていた。

あの子は、同じクラスの子だ。たしか体育のとき、ぴょんぴょんとびはねていた女の子。

「あれは、杉浦《すぎうら》海未《うみ》。ダンスチームの、三人目」

「え？　そうなの？」

「これからスカウトするんだけどね」

白鳥さんはそういって、じっと杉浦さんの背中《せなか》を見ている。

「こ、これからって……」

「いいから、きて！」

も～！

あたしは泣きそうになりながら、白鳥さんといっしょに、杉浦海未ちゃんをつけていった。

杉浦《すぎうら》さんの行動は、なんだか不思議《ふしぎ》だった。

花壇《かだん》のブロックの上を歩いたり、ハトを追いかけたり、ケンケンパーしながら進んだり……。まるで、小さい子どもみたいに道草をくっている。

あっちいったり、こっちいったり。とにかく動きがすばやくて、ついていくのも大変だ。

そしてさらに奇妙《きみょう》なのは、その服装《ふくそう》。

学校ではかぶってなかったから気づかなかったけど、白いパーカーのフード部分に、ねこの耳がついている。さらにズボンのおしりには、しっぽもついていた。

「あれって……コスプレ？」

もしかして、自分で耳やしっぽをぬいつけているの？

「杉浦海未《うみ》は、大の動物好きなの。特にねこが好きらしくて、洋服も自分でアレンジしてるみたい」

「へぇ……でも、どうしてあたしたち、あとをつけてるわけ？」

あたしには、まったく理解《りかい》できなかった。杉浦《すぎうら》さんも白鳥《しらとり》さんも。だいたい人を尾《び》行《こう》するなんて、趣味《しゅみ》が悪いというか、犯罪《はんざい》っぽい。

「さそう前に、ダンスの適性《てきせい》をみておこうかと思って」

適性？　そんなの、見るだけでわかるの？　それならあたしは、適性なんてないと思うけど。

「そういえば、体育のときのジャンプ力、すごかったね」

「うん、身体能力《のうりょく》もすごいけど……それより、楽しそうだった。いまだって、楽しそうに体を動かしてるでしょう？」

楽しそう？　そういわれると体育のときの杉浦さんって、いきいきしてたかも。白鳥さんは、そんなところまで観察してたんだ。

「それに杉浦さんには、つるんでる友だちもいないし」

「それって、大切なこと？」

「友だちといっしょじゃないと行動できない人とか、ひとりじゃ決められない人って、ホント、イライラすんだよね」

「でも、そういうの、ふつうだと思うけど」

「野間《のま》さんとトイレであったときも、ダンスをするなら仲のいい子たちといっしょじゃないとイヤだって、ことわられたあとだった」

ああ……。

トイレであばれていた、白鳥《しらとり》さんを思いだした。

くっそ〜！　とかいってたっけ。そして最後に、いまに見てなさいよって。

「じゃあ、あたしをさそったのは、まだ友だちがいないから？」

「そうかもね」

白鳥さんは、さらりといった。うそでもいいから、「そんなことないよ」っていってくれればいいのに……なんて考えるのは、あまいのかな。

「でも、それだけじゃないよ。野間さんは、ダンスに向いていると思うの」

「それって、どういうこと？」

「心の奥《おく》で、変わりたいって思ってる……気がするから」

思いがけない言葉にとまどった。変わりたいって思っているのは、白鳥さんじゃなかったの？　あたしは、いまのままでいい。変わりたいって思ったことなんか……たぶん、ないと思う。それに、どうしてダンスなの？

もっとききたかったけど、そんなひまもなく、白鳥《しらとり》さんは杉浦《すぎうら》さんを追いかけていった。

やっと杉浦さんに追いついたところは、大きなカシの木がたくさんある、どんぐり公園だった。

「杉浦さん！」

白鳥さんの声に、杉浦さんが「ん？」とふりむく。のらねことじゃれていた杉浦さんのねこの耳が、ピクンとゆれた。

「わたしたち、ダンスチームを作ろうと思っているの。いっしょに、ダンスしない？」

白鳥さんは笑顔で話を切りだした。

「ダンス？」

杉浦さんが目をぱちくりさせると、のらねこは走って逃《に》げていった。

「でもぉ、うち、ねこ飼《か》ってるしぃ」

「え？　それって、何の関係があるの？」

白鳥《しらとり》さんが、怪訝《けげん》な顔をする。

「だーかーらぁ。はやく帰って、ねこと遊ばないといけないにゃん！」

そういって、まねきねこみたいに、手をくるりとまるめた。

「だ、だけど、ダンスっておもしろいよ！　ねこみたいにすばやい動きとか、そういうのもあるし……」

白鳥さんが、必死に説得する。

「ふーん。じゃあダンスって、ねこよりもかわいい？」

「いや、かわいいっていうのは、ちょっとわかんないけど……」

あの白鳥《しらとり》さんが、ペースを乱《みだ》され、おされている。ふたりとも、まったく会話がかみあってない。

そのとき、カシの木の向こうから声がした。

「おい、メガネ！　まさか、帰る気じゃないだろーな！」

「ぼ、ぼく、塾《じゅく》があるから……」

あれ、うちのクラスの男子じゃない？

「じゃあ、だれがオレらのランドセルを運ぶんだよ！」

三人の男子にそういわれてからまれているのは……体育のときわらわれていた、メガネの子？

なんか、他人ごととは思えなかった。あたしだって転校してきて、あんな目にあうんじゃないかって不安だったから。

ちらっと白鳥さんを見ると、白鳥さんもメガネの子たちを見ていた。

よかった……きっと、助けてくれるんだ。そう思ったのに、白鳥さんは「場所を変えよう」といって歩きだした。杉浦《すぎうら》さんも、そのあとについていく。

え？　見すてちゃうの？

あたしは、予想外のことにあわてた。白鳥《しらとり》さんは、ダンス以外のことはどうでもいいわけ!?

歩きだしてもついてこないあたしを見て、白鳥さんはふりむいた。

「助けたいの？」

「え……まぁ」

あたしは、しどろもどろになった。

「助けたいなら、自分でいいなよ」

「でもあたしは、転校してきたばっかりで……」

「そんなの関係ない。大切なのは、野間《のま》さんがどうしたいかでしょう？」

当然のようにいわれて、言葉につまった。

あたしが、どうしたいか……。

白鳥さんが、じっとあたしを見ている。あたしがどうするか、ためしているような目だ。

「なに？　東海林《とうかいりん》に、なんか用？」

ひとりが、あたしたちに気づいてこっちを見た。心臓《しんぞう》がはげしく打ちはじめる。てのひらが、じっとりと汗《あせ》ばんだ。

「あの……」

あたしはじりっと足をふみだしたけど、言葉がでなかった。メガネの子は、東海林くんっていうんだ。あたしったら、そんなことも知らなかったのに……。

いつまでも何もいわないあたしに、三人は東海林くんとあたしを見くらべはじめた。

「うっそ！　マジ？　もしかしてふたり、もうラブラブとか？」

えぇ!?

ど、どうしてそうなっちゃうの!?

「おい、彼女《かのじょ》の前で、きょうの体育のやつ、やってみろよ！」

「超《ちょう》スローな、こわれたロボットみたいなやつだろ？」

ひとりがまねをしはじめた。わざと、おおげさに変な動きをしている。ほかのふたりの子は、指をさしてわらいはじめた。

にぎったてのひらに、つめの先が食いこんだ。

人を笑いものにする男子にも、何もできない自分にも腹《はら》が立つ。白鳥《しらとり》さんにまで、あんなことをいわれてくやしい……。怒《いか》りがこみあげてきて、自分のじゃないようなかすれた声が、のどの奥《おく》からでてきた。

「おかしくないよ……」

「はぁ？　なんかいった？」

男子たちが、またあたしを見た。

「いっしょうけんめいやってたんだから、いいじゃない！」

一気にいうと、公園がしずまりかえった。

え……？　あたしったら、何いった？　どうしよう！

男子たちは眉間《みけん》にしわをよせて、あたしをにらんでいる。もうひっこみはつかない。

すると、それまでだまっていた白鳥さんが口をひらいた。

「野間《のま》さんのいう通りだと思う」

もしかして、助けてくれようとしている？

「オマエら関係ないだろ！　あっちいけよ」

男子たちは、いいかえせずに怒《おこ》りだした。

すると「まだ、おわんないの？」という冷《さ》めた声と、わざとらしい大きなため息がきこえてきた。公園の中を通りたいのに、あたしたちがじゃまって顔をして、こちらを見ているのは……。

王子!?

とたんに、体育館でのダンスを思いだして、ドキドキした。やだ、あたしったら、こんなときに！

白鳥《しらとり》さんも、王子のほうを見た。

「さっきから見てたよね？　助けてくれる？」

白鳥さんが、かわいらしい笑顔でいった。

うそ！　さっきからいたの!?

「オレ、関係ねーし」

王子は、そのまま通りすぎようとした。もしかしたら、何かいってくれるかもと一《いっ》瞬《しゅん》期待したあたしは、がっかりした。

「あーあ、見すてられてやんの！」

「ロボットダンスでも、して見せろよ」

男子たちがそういってメガネの子をつついたとたん、なぜか王子の足が、ぴたりと止まった。

「東海林《とうかいりん》のは、ロボットダンスじゃないから」

「え？」

ふいをつかれて、男子たちは「は？」って顔をした。

東海林くんも、きょとんとしている。

「でも、変わった動きをしてたな。オマエ、なんかやってる？　あんなスローテンポな動き、筋力《きんりょく》がないとできないからな」

王子はからかってるふうでもなく、真剣《しんけん》だった。

そんなすごい動きには、見えなかったけど……。

「えっと。うちのじいちゃんといっしょに、太極拳《たいきょくけん》やってるくらいだけど……」

東海林《とうかいりん》くんも不思議《ふしぎ》そうな顔をして、おずおずと答えた。

「なるほど。太極拳《たいきょくけん》って、全身の筋肉《きんにく》を使うらしいな」

王子が納得《なっとく》したようにうなずくと、男子たちの顔がこわばった。

「そ、それって、拳法かなんかか？」

「太極拳は、中国の武術《ぶじゅつ》だ」

王子がさらっとこたえると、男子たちから「ひっ」と小さな悲鳴があがった。そしてたがいをつつきあうと、ランドセルをかかえていってしまった。

東海林くんが、あっけにとられている。

「ぼくの知っている太極拳は、武術っていうより、健康のためにやってる感じなんだけど……」

そうつぶやいたあと、いきなり人が変わったように胸《むね》をはった。

「ふん、口ほどにもないやつらめ！」

男子たちの去ったほうに向かって、こぶしをふりまわしている。今度は、あたしたちがあっけにとられた。

「助けてもらったんだから、お礼くらいいえば？」

白鳥《しらとり》さんにいわれて、東海林《とうかいりん》くんは顔を赤らめた。

でも王子は、何もなかったかのように、さっさといってしまった。

いまのって、助けてくれたのかな？　それとも、ただの気まぐれ？　王子って、何を考えてるんだかさっぱりわからないよ。

「あの……」

東海林くんが、あたしをじっと見ていた。

「さっきは、ありがとう」

「へ？　あたしは何も……」

「いや、最初に助けてくれたのは、野間《のま》さんだから」

そういわれれば、そうだけど。あれは、白鳥さんにけしかけられてっていうか……。

白鳥さんがいなかったら、あんな勇気、持てなかった。

「野間さんってすごいね」

東海林くんが、はずむようにいった。

「ど、どうして？」

「だってさっき、いっしょうけんめいやってたんだから、いいじゃないって、いってたでしょ？　ああいうセリフ、思っててもなかなかいえないよ」

「あ、あれは……」

頭にきて、つい、勢《いきお》いでいっちゃったっていうか。

てれていると、となりで白鳥《しらとり》さんがぶつぶつとつぶやいていた。

「スローな動き……太極拳《たいきょくけん》……。いいかも」

ん？

「東海林風馬《とうかいりんふうま》。あんた、クラブも入ってないし、ひまでしょう!?」

さっきまで天使の顔だった白鳥さんの目が、ギラリと光ってあたしをおしのけた。

東海林くんはおどろいて、目をぱちくりさせている。

「ぼ、ぼくは、写真部なんだ。まぁ、ひとりで勝手にやってるだけだけど……」

そういってランドセルからとりだしたのは、数まいの写真。

「これ、ぼくが撮《と》った写真なんだ。すっごくうまいだろ？　微妙《びみょう》な光のとりいれ方がコツなんだけどさ、まぁ、ぼくくらいになると被写体《ひしゃたい》によって露出《ろしゅつ》を変えて……」

また態度《たいど》が横柄《おうへい》になって、おしゃべりになっている。

「ストップ！」

白鳥《しらとり》さんが、東海林《とうかいりん》くんの説明をさえぎった。目が、獲物《えもの》をねらっているようにするどい。ザッとふみこんだ足から、土けむりがあがった。

やばい……また悪魔《あくま》の顔になってる！

「ねぇ、ダンスしない？」

「え？　ダンス？」

東海林くんの声が裏《うら》がえった。

「そう。いつまでも、あんなやつらにわらわれたくないでしょう？　だったら、わたしがきたえてあげる」

「ダンスかぁ……。なんか、楽しそうだねぇ」

気楽にいう東海林くんに、あたしは勢《いきお》いよく頭をふった。白鳥さんがいうダンスは、そんなかんたんなものじゃないのに！

「いいよ。助けてくれたお礼に、やってあげる」

たぶん、想定外の人だったと思うんだけど、どうやら三人目が決まったみたい。

「う〜ん、なんだかわからないけど、おもしろそうだにゃん！」

すっかり忘《わす》れていた杉浦《すぎうら》さんが、横でとびはねていた。

「ダンス、いいじゃん！　ねこダンスも作っちゃおう！」

それ、OK《オーケー》ってこと？

白鳥《しらとり》さんは、「よっしゃあ！」とガッツポーズをした。

すごい。一気に、四人になっちゃった……。とはいえ、こんなおかしなメンバーで、
うまくいくのかなぁ？

でも、なぜだろう。心のどこかで、ワクワクしている自分がいた。

5 あたしがイッポ？

「一歩《かずほ》、ほんとうにダンスなんてするの？」

夕飯のとき、お母さんにきかれた。

自分でも、イマイチ自信はないけれど、つぎの土曜日に白鳥《しらとり》さんの家に集合する約束をしたから、まちがいないと思う。あの四人でダンスなんて、考えれば考えるほど、おかしな気がするけど……。

「あたしだって、ダンスくらいできるよ」

「できるとかできないの問題じゃなくて、興味《きょうみ》があるかないかだと思うのよね」

お母さんが、もっともらしいことをいう。

そういわれると、あたしはダンスのことなんて何も知らない。ジャズダンスとヒップホップのちがいだってわからないし……。

「ダンスのこと、少しくらい勉強していったら？　何もわからなかったら、はずかしいかもよぉ」

そういわれると、とたんに不安になってきた。

「お母さん、パソコン貸《か》して！」

あたしはご飯をかきこむと、パソコンを持って部屋にこもった。

ジャズダンス、ヒップホップとそれぞれ検索《けんさく》してみると、動画がたくさんでてきた。

ダンス教室や、テレビ番組や、ダンス大会の動画。

ジャズダンスは、ビートのきいた音楽にあわせ、元気におどるイメージ。アイドルのふりつけや、テーマパークのダンスなんかも、ジャズダンスがベースになってることが多くて、一般的《いっぱんてき》になじみのあるダンスらしい。

それに対してヒップホップは、早口言葉をいっているような、独特《どくとく》の音楽にあわせておどっているものが多い。服装《ふくそう》もちょっと変わってて、ぶかぶかのT《ティー》シャツに、だぼっとしたズボンが特徴《とくちょう》のようだ。手足の力をぬいて、上下にゆれながら、ステップをふんだりジャンプをしたり。ジャズダンスとくらべると、服装《ふくそう》もおどり方もゆるくてダラッとしている気がするけれど、それがかえってかっこいい。

「う～ん、わかったような、わからないような……」

これといった決定的なちがいがあるようには見えなくて、ひとことでは説明しきれない感じ。

そして、偶然《ぐうぜん》クリックした動画に、目がすいよせられた。

王子がやっていたダンスって……これじゃない!?

それは、ブレイクダンスっていうもの。背中《せなか》や頭で体を回転させたり、片手《かたて》で体を持ちあげたり、すごくむずかしそう。さらに前転やバク宙《ちゅう》をくわえたり、さかだちしながら開脚《かいきゃく》したり、とにかく人間技《わざ》とは思えない。

王子は、どこであんなダンスをおぼえたんだろう。そして、どうして見たことを忘《わす》れろなんていったんだろう。

あたしは夢中《むちゅう》になって、かたっぱしからダンスの動画を見ていった。

何よりおどろいたのは、ダンスの種類の多さだ。

ダンスという大きな木があるとしたら、そこからたくさんの枝《えだ》がのび、どんどん種類がわかれていってる感じ。そんなふうにわかれていったから、はっきりしたちがいがないのかもしれない。

そんな中で、白鳥《しらとり》さんは何がやりたいんだろう？

考えてもわからなかった。でもこうして動画を見ていると、なんだか手足がうずうずしてくる。思わずあたしも、体を動かしたくなるような……。

「一歩《かずほ》！　はやく、お風呂《ふろ》に入りなさい！」

お母さんにいわれて、「はーい」と返事をした。

ダンスはムリだけど、こんなときは歌えばすっきり！　お風呂って、声が響《ひび》いて気持ちがいいんだよね～。お母さんはおおげさにいってたけど、家のお風呂なんだから、ちょっとくらい声が大きくたって平気……だよね。うん、きょうは特別！

頭の中をからっぽにして、何も気にしないで歌うのって、気持ちいいもん！

シャンプーのボトルをマイクにして、大好きなA《エー》ガールズの曲をつぎからつぎへと歌ってたら、どんどん気分がのってきた。

パジャマに着がえたあとも、そのまま鏡の前で、ふりつけもしながら大熱唱！

♪いますぐおどろう　I《アイ》 wanna《ワナ》 dance《ダンス》!
　想いのすべてを　リズムにのせて

クラスのみんなもうわさしていた、A《エー》ガールズ。鏡にうつるあたしは、意外とイケてるかも!?

「チャン、チャン、ジャ～ン！」

鏡に向かって、ビシッと決めポーズ！

「あ～、すっきりした！」

……あれ？

そういえば、これもダンス……かな？　いま、あたし、けっこうおどれてた？

ダンスなんて、絶対《ぜったい》できないと思ってたのに……。

土曜日の午後、いわれた通りの道をたどって、白鳥《しらとり》さんの家にいった。近くまできたらわかるっていわれたけど……看板《かんばん》がでているわけじゃあるまいし。

あたし、じまんじゃないけど、すじがね入りの方向音痴《おんち》なんだよね。だいたい反対方向にいっちゃうから、「じゃあ、思ったほうと反対にいけば？」なんてわらわれるくらい。なるほどと思って反対にいったら、やっぱり反対方向で……。これはむしろ、ひとつの才能《さいのう》かもしれないと思ってあきらめた。

そんなあたしに、ひっこしてきたばかりの町で、家をさがせっていうのは……。

「あ、あった」

なんと、電柱に看板がでていた。白鳥バレエ教室って。まさか、これが白鳥さんち!?　住所を見たら、やっぱり教えてもらった番地と同じだった。その看板をたどっていったら、白いかべで大きなバルコニーのある洋館についた。

やば……白鳥さんって、お嬢《じょう》さまだったんだ。

それは、天使の顔の白鳥さんには、すごくお似合《にあ》いのステキな家だった。

気おくれするような門がまえだったけど、思いきってベルをおした。

「はーい、どうぞ！」

インターホンから白鳥《しらとり》さんの声がした。

ゆるい曲線のうつくしい鉄の門扉《もんぴ》をぬけると、石だたみの通路があって、つたのからまるアーチをくぐる。花壇《かだん》は季節の花々《はなばな》にいろどられて、ていねいに手入れされていた。白鳥さんにでむかえられた玄関《げんかん》は、うちの四倍くらいあって、天井《てんじょう》はふきぬけ。

ほぇ～と感心しながらながめていたら、「こっち」と手をひっぱられた。

わっ！　地下に向かって階段《かいだん》がある！

階段をおりて重そうなドアをひらくと、板ばりの床《ゆか》に、かべ一面が鏡になっている部屋があった。

そっか……バレエ教室って、ここでやってるんだ。

「こんちにゃ～！」

と、杉浦《すぎうら》さん。

「あ、ども」

と、東海林《とうかいりん》くん。

「こ、こんにちは」

と、あたしも頭をさげる。運動できる服装《ふくそう》できてっていわれたから、みんなT《ティー》シャツにトレパンとかジャージみたいなかっこうできている。ただ、杉浦《すぎうら》さんのジャージには、やっぱりしっぽがついていた。

「適当《てきとう》にすわって」

白鳥《しらとり》さんにいわれて、あたしたちは床《ゆか》にすわった。鏡にうつるあたしたちは、やっぱりおかしなメンバー。この三人とダンスをするなんて……まだピンとこない。

また、ドアがひらいた。

「あらあら、こんなところじゃなくて、リビングで遊んだら？」

白鳥さんのお母さんらしき人だった。スタイル抜群《ばつぐん》で、すごくきれいな人。

「ママ、遊んでるんじゃないよ。わたしたち、ダンスの打ちあわせがあるから、おかまいなく」

そういう白鳥さんに、お母さんがかすかに眉根《まゆね》をよせた。

「ダンスねぇ。いっておくけど、バレエの練習は減《へ》らせないわよ。けがなんてしないでちょうだいね」

お母さんが、ちらっとあたしたちを見た気がした。あたしたち、ダンスがうまいようには……見えないよね。

「バレエはちゃんとやる。けがだって、気をつけるよ」

てっきりどなりかえすかと思ったのに、白鳥《しらとり》さんは気弱にいった。お母さんがこわいのかな？

悪魔《あくま》のときの顔とは、だいぶちがう。

お母さんがでていくと、白鳥さんはふうっとため息をついた。

「やんなっちゃう。ママ、バレエひとすじだから」

「白鳥さんも、バレエをやってるんでしょう？」

あたしがきくと、白鳥さんは、しぶしぶうなず

いた。

「そうだけど、クラシックバレエは、わたしには、かた苦しい」

「かた苦しいって？」

意味がよくわからなかった。

「歴史が長くて、おどりも音楽も衣装《いしょう》も、いろんな形式や決まりがある。腕《うで》や足や体の向きにも決まりごとがあるの。たとえば……」

そういって、白鳥《しらとり》さんはスッと姿勢《しせい》を正した。立っただけで、体のやわらかさと、凛《りん》とした力強さの両方が伝わってくる。

「一番といわれるポジションは、両足のひざの裏《うら》とかかとをつけて、足のつけ根から外側にひらくの。こんなふうに」

あたしたちもまねしてみようとしたけれど、なんだかむずかしい。体がやわらかそうな杉浦《すぎうら》さんでさえ、ふらふらしている。白鳥さんは芯《しん》が通っているようにブレがなく、何かをかかえるような形の両腕は、指先まで優雅《ゆうが》に見える。

バレエがどれほどむずかしいか、これだけでもわかる気がした。

「バレエは、ただおどれるだけでもダメ。セリフのない演劇《えんげき》のようなものだから、それぞれの役に応《おう》じて、こうおどらなくちゃいけないっていうのが決まってて……。だからわたしは、もっと自由におどってみたい」

「自由に?」

「ダンスって、ほんとうにたくさんの種類があるんだ。ほかのダンスを知らずにバレエだけつづけるよりも、わたしは、わたしだけの新しいダンスを見つけたいの」

そういう白鳥《しらとり》さんは、まよいがなく堂々《どうどう》としていた。

新しいダンスを見つけたいだなんて……すごいなぁ。未知の世界に挑戦《ちょうせん》するとか、自分で何かを作りだすなんて発想は、あたしにはなかった。

「だからまずは、ヒップホップからはじめようと思って。何しろクラシックバレエとは、考え方もおどり方も、まったくちがうからね」

白鳥さんの目はまっすぐで、まぶしいくらい。でも、あまりにもあたしとはちがいすぎて、ちょっと不安になる。

「じゃあ、まずは自己紹介《じこしょうかい》しようか」

え？　いまさら？　あたしはともかく、みんなは当然、おたがい知っているはずだし。

「仲間になるんだから、おたがいのこと、もっとよく知ったほうがいいと思う」

白鳥《しらとり》さんは、「仲間」ってところに力をこめていった。

「まずは、杉浦《すぎうら》さんからお願い」

指名されて、杉浦さんがぴょんっとはねおきた。

「杉浦海未《うみ》です！　うちは、小学校三年生のときに転校してきたんだ」

「え、そうなの？」

思わずいってしまった。同じ転校生だと思うと、ぐっと親しみがわいてくる。

「そう。友だち作るのもめんどーだったし、ねことばっかり遊んでいたら、ねこ語がわかるようになっちゃって……」

めんどーだなんて……そんなふうにわりきれる人もいるんだな。それにしても、ねこ語って？

「ねこと遊んでるほうが、楽しくなっちゃったにゃん！」

そ、そうなんだ……。

でも、杉浦《すぎうら》さんも転校して苦労したのかも。それでねこと仲よくなったなんて、さびしい気持ちもあったんじゃないかな。

「あとね、うちのお母さんは、お直しの仕事をしているんだ」

「お直しって？」

白鳥《しらとり》さんがきくと、杉浦さんは得意げに胸《むね》をはった。

「洋服のそでやたけを直してサイズを調整したり、リフォームして古い洋服を仕立て直したりする仕事だよ。服って、作る人や着る人の思いがこもってるでしょ？　直しながらずっと大切に着るのって、ステキだと思うんだ」

その話し方から、洋服もお直しの仕事も好きなんだなぁって伝わってくる。

「だからうちも、小さいころから、洋服のアレンジをするのが好きなの！」

そういって杉浦さんは、くるっとまわっておしりについたしっぽを見せてくれた。

そうだったんだ。杉浦さんって、ただ変わっているだけなのかと思ってたけど、話をきいてみると全然ちがってた。しっぽもステキなファッションに見えてくるから不《ふ》思議《しぎ》！

「あ、あ、あ〜」

まるで、マイクのテストをするように声をだしてから、東海林《とうかいりん》くんが話しはじめた。

「ぼくの家は、商店街の写真館なんだ。きょうも、ライカのカメラを持ってきている。ライカっていうのはドイツ製《せい》のすぐれたカメラで、その歴史は……」

白鳥《しらとり》さんが、わざとらしくせきばらいをした。

「ああ、失礼、話がそれた。東海林写真館っていうんだけど、うちのお父さんで三代目。九十年の歴史を持つ、古い店なんだ」

「へぇ、そうだったんだ」

白鳥さんも、はじめてきく話みたい。

「おじいちゃんくらいまでは、家族写真や記念写真を撮《と》る人がたくさんきて、店もにぎわったらしいんだけど、いまはもうダメ。デジカメで、素人《しろうと》でもけっこううまく撮れるし、もう写真館なんてはやらないみたいでさ……」

東海林くんの声が、小さくなった。

「だからきっと、ぼくは写真館をつぐことはないだろうと思うけど、カメラは好きなんだ。ということで、写真のご用命は、東海林《とうかいりん》写真館によろしく！」

最後は、お店の宣伝《せんでん》みたいだった。

でも、意外だなぁ。ふたりとも、好きなことや家のことを包みかくさず教えてくれた。あたしは、何をいえばいいんだろう。

「の、野間一歩《のまかずほ》です。うちは、お父さんがサラリーマンで、お母さんは主婦《しゅふ》で……」

う〜ん、話すことがないなぁ。そっか、好きなこと！

「歌が好きだから合唱部に入ろうと思ってたんだけど、この学校にはないっていてきいて、こまっていたところを白鳥《しらとり》さんがダンスにさそってくれて……」

何かちがう気がして、いいながら、しどろもどろになった。

歌うのは好きだけど、合唱部でいい思い出はなかったはず。合唱部がないってきいたとき、心のどこかでホッとしてた。

東海林くんと杉浦《すぎうら》さんが、じっとあたしを見ている。

ここにいるみんななら、ほんとうのことをいっても、きいてくれるかも。なぜかそう思って、不思議《ふしぎ》と気持ちが落ちついた。

「あたし、転校してきたばかりで不安だったから、友だちがほしくて……。だから白《しら》鳥《とり》さんと取引したの」

白鳥さんは、取引のことをばらしたらおこるかな……。

でも、あたしはほんとうのことをいっておきたかった。それが、仲間になるということのような気がしたから。

そろりと白鳥さんを見ると、怒《おこ》っているようすはなく、さばさばした口調《くちょう》でいった。

「うん、野間《のま》さんの弱みにつけこんで、取引した。野間さんと、ダンスがやりたいと思ったから」

え？　あたしとダンスを？　ほかのだれでもなく、あたしと？

とまどうあたしにかまわず、白鳥さんは自己紹介《じこしょうかい》をはじめた。

「わたしは白鳥沙理奈《さりな》、小さいころ……たぶん、歩きはじめる前から、ここでバレエをしていた」

そして、ぐるっと教室を見まわした。

「言葉をおぼえるように、自然とバレエをおぼえていったの。わたしにとってバレエは、息をするように当たり前のことで……。でもほかのダンスを知るようになって、不安になった。わたしはほんとうに、バレエをやりたいのかなって」

白鳥《しらとり》さんは、真剣《しんけん》な目で、あたしたちを見つめた。

「ダンスは好き。でも、だれかに与《あた》えられるんじゃなく、自分で自分のやりたいダンスを見つけたいの」

そう、なんだ……。

でもやっぱり、白鳥さんの目標は高すぎて、あたしにはよくわからないかも。

「あのさ。それでぼくたちは、どうなるの?」

東海林《とうかいりん》くんが、おずおずときいた。杉浦《すぎうら》さんは、こたつにもぐるねこみたいにまるまっている。

「あとひとり集まれば、きっと佐久間《さくま》先生がコーチになってくれるはず」

「それで、どうすんの?」

「ヒップホップとか、ジャズダンスとか、ほかのダンスをやってもいいし……。とにかく、バレエとはちがうものをいろいろやってみたい」

白鳥《しらとり》さんの口調《くちょう》に熱がこもる。そういわれても、ダンスがなんなのかさえよくわからないあたしには、その熱がいまひとつ伝わってこない。

「ぼくはさぁ、ロボットダンスってのしてみたいな。本物のロボットダンス。それで、あいつらを見かえしてやるんだ」

東海林《とうかいりん》くんが、鼻息をあらくした。

「うちはやっぱり、ねこダンスがいいにゃ～！　ねこみたいにしなやかで、身軽で、かわいいダンス！」

杉浦《すぎうら》さんが、ぴょんっとおきあがる。みんな、もうやりたいダンスが決まってるんだ。

「野間《のま》さんは？」

白鳥さんにきかれて、口ごもった。

「あたしは……えっと……なんでもいいよ」

一瞬《いっしゅん》、体育館で見た王子のダンスが頭にうかんだ。最後に決めていた、ブリッジからおきあがるみたいな技《わざ》ができたらいいなって思ったけど……やっぱりムリだよね。

「そう。目標があったほうが、楽しいと思うけど」

白鳥《しらとり》さんが、残念そうにいった。

「おたがいのことは、だいたいわかったから、レッスンの前に呼《よ》び名《な》を決めよう」

「呼び名って？　いまのままじゃダメなの？」

あたしがきくと、白鳥さんは「ダメ！」ときっぱりいった。

「ダンスをしている最中に、『さん』づけなんてめんどーだし、第一、カッコ悪い」

カッコ悪いか。そうかも。

「わたしのことは、サリナって呼んで」

白鳥さんがいうと、杉浦《すぎうら》さんが「ハイ、ハーイ」と手をあげた。

「うち、ネコがいい！　ねこ、大好き！」

ふたりが決まって、あたしと東海林《とうかいりん》くんが残った。

「どうせぼくは……一年生のときから、あだ名はずっとメガネで……」

いじいじと、床《ゆか》を指でなぞっている。

その気持ちわかるな。あたしだって、いつも野間《のま》さんとか、よくて野間ちゃん。名前で呼ばれたことなんてない。一歩《かずほ》なんて、読めない子も多いし……。

「あんたは……そうだな。ロボでどう？」

「ロボ？」

「そう。ロボットダンスを目指すってことで」

白鳥《しらとり》さんが、にこっとわらう。東海林《とうかいりん》くんも気に入ったみたいで、はずかしそうにうなずいた。

「で、野間《のま》さんは……」

白鳥さんが、腕《うで》を組む。

「リス！　モルモット！　ハムスター！」

杉浦《すぎうら》さんは、どうしても動物系にしたいらしい。みんな小動物だけど。

「カズホ……ううん、イッポ！　イッポでどう？」

「イッポ？」

いままで、あだ名らしいあだ名をつけてもらったこともない。イッポって、かっこいい……。

呼《よ》び方を決めただけなのに、ダンスがぐっと身近になって、やる気がでてくる。

「イッポ、いいと思うけど」

白鳥《しらとり》さんと目があった。あたしのために考えてくれたんだ。はずかしいけど、そんなふうに呼《よ》ばれてみたいと思った。

「うん……ありがとう、白鳥さん」

「白鳥さんじゃなくて、サリナでしょ？」

うぅ、そんな急にいえないよ。

「これから、決めた呼び方以外で呼んだ人、腕《うで》立てふせ十回ね」

「え〜！」

「はい、わたしの名前は？」

「サ……リ、ナ」

「もう一度」

「サリナ！」

あたしは、大きな声でいった。いえっていうなら、何度でもいってやる。じまんじゃないけど、名前で呼《よ》びすてにできる友だちなんて、いままでいなかったんだから！

サリナの強引なやり方のおかげで、あたしたちはすぐに新しい呼び方になじむことができた。


「じゃあまずは、ストレッチからはじめるよ。サリナ式ストレッチ！」

ドキンとした。そういえば、サリナのトレーニングがハードすぎて、逃《に》げだした子がいたんだっけ。

「はい、足を肩《かた》はばに広げて立って、まずは体を前にたおす！」

すごっ！　みんな、てのひらがピタッて床《ゆか》についている。サリナやネコはともかく、ロボまで……。そういえば、太極拳《たいきょくけん》をやってるっていってたっけ。何もやってないのは、あたしだけ？　体を前にたおしても、指先さえ届《とど》かない。ふとももやふくらはぎの裏《うら》が、ぎりぎりとひっぱられて、いった〜い！

それから、腰《こし》をのばしたり、太ももやふくらはぎをのばしたりするストレッチをつぎつぎにやった。ふだん、のばすことなんてない部分だから、筋肉《きんにく》がちぎれそうにいたくて、足はつりそうになるし、腰《こし》はいたいし……。優雅《ゆうが》にかっこよくストレッチする自分を想像《そうぞう》していたあたしは、大きな鏡に映《うつ》る姿《すがた》を見てがっかりした。

「毎日やれば、できるようになるから。ストレッチをいいかげんにやってダンスをすると、腰や筋《すじ》をいためるよ」

「こ、こんなの、毎日やるの!?」

体がかたいあたしは、悲鳴をあげた。

「最初から、なんでもできる人なんていないよ」

サリナが、軽々《かるがる》とストレッチをしながらいう。

「わたしだって、小さいころから毎日やってきたんだから」

小さいころから毎日なんて……。信じられない！

「それにしても、ネコは軟体《なんたい》動物みたいだね」

サリナが、あきれたようにいった。

「動物は、いつでもしなやかに動くにゃん！」

前屈《ぜんくつ》をやればピタッと胸《むね》までくっつくし、開脚《かいきゃく》は百八十度ひらいちゃう。いつもねこの動きをまねして、研究しているからかな……。

たっぷり時間をかけてストレッチをすると、それだけでうっすらと汗《あせ》をかいてきた。

「さぁ、つぎは、ヒップホップの基本《きほん》の動きをやってみよう!」

サリナがはりきって、あたしたちの前に立った。

「体をしずめるダウンのリズムと、体をもちあげるアップのリズムがあるの。まずは、ダウンからやってみよう。ひざをまげて、腰《こし》を落として」

マネをしながら、ひざをまげて、体をぐっとしずめる。

「しずむときに、腕《うで》をまげると動きがスムーズになるし、見た目もいいよ」

立った姿勢《しせい》から、ひざとひじを同時にまげて、体をしずめる。ワン、ツー、スリー、フォーとカウントをとりながらくりかえす。なるほどな〜。腕をつけると、よりしずみこんで見えるっていうのもポイントみたい。

「ちょっと、テンポをはやくしてみようか」

サリナの手拍子《てびょうし》がはやくなる。手拍子にあわせて、あたしたちの動きもはやくなった。

「ダウンのリズムは基本《きほん》だから、しっかり体でおぼえてね！」

そういいながら、今度は音楽をかける。ビートのはやい音楽にあわせて、サリナが手拍子《てびょうし》をする。音楽にあわせると、「ダンス」って感じが一気に増《ま》してくる。

「オーケー！　今度は、ダウンのリズムで、交互《こうご》に片足《かたあし》をあげて」

「え～……できるかな……」

音楽にあわせようと意識《いしき》すると、動きがちょっとずつずれていって、わけがわからなくなっていく。

「ちゃんと腕《うで》もまげて！　体全体でリズムを感じるの。わからなくなったら、もう一度音楽をよくきいて！」

右、左、右、左、右、左……。

頭の中でくりかえし、音楽もよくきいて……慣《な》れてくると、だんだん体が自然に動くようになっていった。コツさえつかめば、いつまでもおどっていられそう！

「じゃあ、今度は左右に動いて」

左右に一歩ずつ移動《いどう》して、手拍子しながら、ダウンのリズムをとる。手拍子は、英語でいうとクラップ。だから、ダンスのときには手拍子《てびょうし》のことを、クラップっていうらしい。

あたしは、やっとまわりを見るよゆうができてきた。つま先でおそるおそる動くネコは、なんだかかわいい。ロボは緊張《きんちょう》のせいか、手足がカクカクしている。

ふふっ。単純《たんじゅん》な動きなのに、こんなところでも個性《こせい》ってでるんだな。

「はい！　いいよ。じゃあ、つぎはアップのリズム！　今度は、カウントにあわせて、体を上に持ちあげるの」

サリナが見本を見せてくれた。動きはダウンのときと似《に》ているけれど、ちがうのは、ひざをまげるほうよりのびるほうを意識《いしき》している感じ。

「いくよ！　ファイブ、シックス、セブン、エイッ！」

今度ははじめから音楽をかけて、アップのリズムをその場でやってみる。リズムをとるために腕《うで》を軽く動かす。

「上にひっぱられるようなイメージで！　のびたとき、胸《むね》をはるといいよ。ロボ、ダウンになってる！」

「え……どういうこと？」

あたしも、リズムをとりながらサリナを見た。ダウンもアップも、見た目の動きはそんなに変わらないような……。

「リズムのとり方だよ。カウントにあわせて、体をしずめるのがダウン、体をのばすのがアップ！」

「なるほど〜！　なんか、わかった気がする！」

ワン、ツー、スリー、フォーってカウントをとって、そのときダウンするかアップするかってことなんだ！

「リズムをダウンでとるか、アップでとるかで、ダンスの印象がちがってくるの。とにかくどちらも基本《きほん》だから、しっかり理解《りかい》して」

それから、ダウンのときと同じように、片足《かたあし》をあげたり、前後左右に動いたりした。

体をアップダウンするだけで、こんなにむずかしいなんて。

でも、それだけで、ダンスっぽくなる！

それはあたしにとって、すごい発見だった。ネコとロボも、目が輝《かがや》いている。

なんか、すごーい！

「うわっ！」

声がしてふりむくと、足がもつれたようで、ロボがひっくりかえっていた。

「いてて……はやいテンポになると、むずかしいなぁ」

ロボが、足をさする。

「うーん。ゆっくりした動きが得意っていうのは、太極拳《たいきょくけん》のせいかなぁ？」

サリナがいうと、ロボは顔を赤くした。

「そんなこと、ないと思うけど……。太極拳だって、じいちゃんとくらべたら、まだまだだし」

「ダンスっていうと、はげしい動きってイメージがあるけれど、ゆっくり動くダンスっていうのも、おもしろいかも。今度、わたしたちにも太極拳教えて！」

サリナにいわれて、ロボはうれしそうにうなずいた。

それからサリナは、つぎの段階《だんかい》にうつった。

「ヒップホップは、アップとダウンのリズムをとりながら、ステップや体の動きを組みあわせるダンスなの。だから、基本《きほん》のステップもしっかりおぼえよう」

今度はステップかぁ。できるかなぁ……。

「まず、ケンパーっていうステップ」

「ケン」で軸足《じくあし》をのばして、「パー」で両足をひらいてひざをまげる。このステップって、小さいころやっていた、ケンケンパーと似《に》ている。なんだかなつかしいなぁって思いながら、サリナのまねをしてみる。

「イッポ、上手じゃない」

サリナにいわれて、ちょっと得意になった。ステップって、意外とかんたん？

「つぎ、ボックスステップ。足をふみだして、前、前、うしろ、うしろ。しっかり腰《こし》をおとして！」

正方形の四つの角を、ひとつずつふむイメージで足を動かす。最初は下を見ながらだったけど、だんだん前を向いていてもできるようになる。音楽のリズムにのることもできて、ちょっとうれしくなった。もしかして、ステップなんて楽勝かも！

「つぎ、ランニングマンは、その場で走るように！」

前に進まないようにするから、その場かけ足って感じ。でも、ただ走るんじゃなくて、おろした足をうしろにすべらせるようにひくのがむずかしい。

「うわ……あれ？　わけわかんない〜！」

楽勝なんて思っていた、よゆうがふきとんだ。意識《いしき》すればするほど、どっちの足をあげていいのか、ひいていいのかわからなくなる。

「むずかしく考えないで。片足《かたあし》をあげたとき、逆《ぎゃく》の足が体の真下にくるように！」

う〜、説明をきくと、ますますわかんない。ゆっくりやろうとすると、体がふらふらするし……。

サリナは、ゆっくりしたテンポから、じょじょにはやくしていった。

「慣《な》れてきたら、足の動きにあわせて両手をつきだしたり、ひいたりしてみて。ランニングマンは、いろんなステップに応用《おうよう》できるから」

足だけでも混乱《こんらん》してるのに、手までつけるなんて！　手と足がバラバラで、鏡を見るのもこわいくらい。

それに、その場とはいえ、かけ足しているわけだから、かなりつかれる……。足が

あがらなくなって、呼吸《こきゅう》が苦しい。

「つぎは、クラブステップ。かにの動きだよ。まずは両足がハの字になるように立って」

つま先とかかとを軸《じく》に、足をひらいたりとじたりしながら横歩きをする。両足の形は、ハの字と逆《ぎゃく》ハの字をくりかえす。一見、かんたんそうに見えたんだけど……。

「なんで？　つま先が、同じ方向に動いちゃう！」

足をひらいたりとじたりしないといけないのに、左右に移動《いどう》しようとすると、足の向きが平行になってしまう。

「両足の重心を、同時につま先やかかとにのせたらダメだよ。片足《かたあし》はつま先、もう片方はかかとに体重をのせれば、ひらいたりとじたりできるでしょう？」

見ているとかんたんそうなのに、やってみるとむずかしい。頭で考えれば考えるほど、わからなくなる。つまり、進む方向にあるつま先とかかとに、体重をのせるっていうことらしいけど……。必死でやってると、足首がぐにゃってまがった。

「いてて……ムリだよ〜」

あたしは、早速《さっそく》くじけそうになった。ゆっくりやってもできないのに、リズムにあわせてこんな動きをするなんて、絶対《ぜったい》にできそうにない。

「そうだよね。これ、意外とむずかしいんだよ」

サリナの顔がくもった。「こんなのかんたんでしょ！」っていうと思ったのに。

「とにかく練習して、自然と足が動くようにするしかないの。だから、何度も練習してほしいんだ」

そっか……。

サリナがいうなら、相当むずかしいんだろう。何度もくりかえすしかないんだな。

ネコを見ると、頭をかしげながら、信じられないくらいゆっくりと足を動かしている。ロボも同じだ。あたしだけができないわけじゃない！　がんばるしかない！

……とはいえ、もう限界《げんかい》！

「も、もうムリですぅ」

ふだん、めったに体を動かさないあたしは、ここまですっかり息が切れてしまった。汗《あせ》で前髪《まえがみ》が、ぺたっとひたいにくっついている。

「まだ、ステップはたくさんあるんだけど……一度にはおぼえられないか。じゃあ、ちょっと休憩《きゅうけい》」

サリナが、ペットボトルの水を持ってきてくれた。ふたをあけるのももどかしく、一気に飲みほすと、熱い体にしみわたるようだった。

「おいしい！」

水がこんなにおいしいなんて、知らなかった。

「いや〜、いい汗《あせ》かいたにゃん！」

そういいながら、ネコはちっともつかれてないみたい。

「思ったより、いけそうだな。一日一時間練習するとして……」

ロボはほっぺたを真っ赤にしながら、興奮《こうふん》しているようす。意外なくらい、やる気満々《まんまん》だ。

「あたし、ついていけるかな……」

ちょっと、いじけ気味につぶやいた。

「そんなこというなよ」

ロボがやさしい目をして、あたしの肩《かた》をポンッとたたいた。

「野間《のま》さん……いや、イッポひとりだけ、置いてったりしないから」

わ……ロボったら、意外とたよれる男って感じ。人が変わっちゃったみたい。

じわっと感動していると、

「そのかわり、ぼくのことも置いていかないでね」

と、すがるように見つめられた。なんだ、そういうことか。

「だれも置いてったりしない。みんな仲間なんだから、がんばろう！」

サリナが力強くいった。

仲間って、新鮮《しんせん》な響《ひび》き。友だちと仲間って、何がちがうんだろう。

それから、もう一度ステップの復習《ふくしゅう》をして、最後にまたストレッチをした。

グーッと手足をのばすと、「あれ？」と思った。

「イッポ、どうしたの？」

「うん……さっきよりも、ずっとかんたんにできる気がする。それになんか、心も体も気持ちいいっていうか」

体をのばすといたかったはずなのに、逆《ぎゃく》に気持ちいい感じ。それに、体の中のもやもやが、発散されるような心地よさ。これって何？

サリナは、くすっとわらった。

「それ、わかる。心と体って一体なんだよ。体がほぐれたから、心も軽くなったんじゃないかな」

え、そんなことあるの？

たった一回の練習で、あたしの中の何かが変化してる？

「ダンスって、すごいんだね！　でも……」

もりあがりかけたあたしの心に、ふっとかげがさしこんだ。

「どうしたの？」

「あとのひとりは、どうするの？」

もうひとり集まらなかったら、あたしたちはどうなるんだろう。サリナとの取引はなくなって、ネコやロボとも、ただのクラスメイトにもどるのかな……。

「一応《いちおう》、考えてはいるんだ。いいかなって思った子で、まだ声をかけてないのは……」

サリナが、ノートを見せてくれた。赤線で消された子は、ことわられちゃったのかな。サリナ、ひとりでがんばってたんだ。

あたしも、少しは手伝えればいいんだけど……。

そう考えたとき、頭に王子の姿《すがた》がうかびあがった。

わ！　ムリムリ！

あわてて、想像《そうぞう》を打ち消す。あの人、ダンスがうまいことを、みんなに知られたくないみたいだし。

でもなぁ。

あんなに上手なのに、もったいない。王子のダンスを見たら、きっとサリナも喜ぶと思うんだけど。

ふと見ると、リストの中に赤丸がしてある女の子がいた。

『一条美喜』……イチジョウ、ミキ？

「この子がいいの？」

「まぁ、スカウトしようか、まよってるんだけどね……」

サリナが、なぜか弱気な顔を見せた。あたしや、ネコやロボをさそったときは、かなり強引だったのに。

「ねぇ、がんばってみようよ。あたしも協力するからさ」

気がついたら、するりと言葉がとびだしていた。

「ホント?」

サリナが、うれしそうにあたしを見る。

「ありがとう。やっぱりイッポは、わたしの運命の人だよ!」

目を輝《かがや》かせるサリナを見ていると、取引のことなんて、もうどうでもいい気がした。

よーし、こうなったら、あたしもがんばらなくっちゃ!

そんな気分になってたら、サリナもうれしそうにわらった。

「じゃあみんな、ちゃんと家でステップの復習《ふくしゅう》してきてね! つぎの練習までにできてなかったら、腕立《うでた》てふせ百回だよ!」

……も～、悪魔《あくま》!

イッポ&サリナの熱血ダンスレッスン

DANSTEP《ダンステップ》 1

アップ・ダウン編《へん》

Level ★★★

Q. アップとダウンのちがいって何？

6 仲間とレッスン

つぎの日の日曜日は、体中が筋肉痛《きんにくつう》だった。

あの心地よさは、一体どこにいってしまったんだろう。もも、足のつけ根、お腹《なか》、背中《せなか》、どこを動かしてもいたすぎて、キャアキャア悲鳴をあげてしまう。なんとかストレッチをこなしたけど、日ごろ、どれだけ体を動かしてないか、よーくわかってしまった。

そして、月曜日の朝。

なんとか筋肉痛は克服《こくふく》したけれど、問題は山積《やまづ》み！

「あ〜あ、ステップの練習をしてくるようにっていわれたけど、ひとりでうまくできるかなぁ」

ステップをおぼえていかなかったら、サリナのことだからほんとうに腕立《うで》てふせ百回させられそう。なんとか効率《こうりつ》よく、練習する方法は……。

「そっか、学校にいきながらステップの練習をすればいいんだ！」

あたしは人通りがないのをたしかめると、クラブステップをやってみることにした。

体でおぼえるには、いつでもどこでも練習するのが一番だもんね。

「学校にいくついでに練習もできるなんて、あたしって、あったまいい！」

でも、難点《なんてん》は、ステップだとなかなか前に進まないこと。足をひらいたりとじたり、重心をつまさきとかかとに……。う〜ん、こんなの、できるようになるのかな。

真剣《しんけん》になやんでたら、じーっとこちらを見つめる視線《しせん》を感じた。散歩中らしいおじいちゃんが、あたしを見ている。

「おじょうちゃん、お腹《なか》でもいたいのかい？」

心配そうに、顔をのぞきこんでくる。

「いえ、あの……だ、だいじょうぶです！」

あたしは、猛《もう》ダッシュでその場から逃《に》げだした。

「おはよう」

教室に入ると、サリナが笑顔でいった。いつもの、天使の笑顔だ。それにつられたように、まわりの席の子もあいさつしてくれた。

「おい、ロボットダンスの練習してるか？」

ダンスって言葉にドキッとしてふりむくと、ロボが男子にからまれていた。

「ふ、ふん。ダンスなんて、どうってことないね」

ロボも、きっとがんばって練習してるんだ。ネコはどうだろう？　つくえにつっぷして、眠《ねむ》りこけている。

あたしたち、いっしょにダンスをやる仲間になったはずだけど、まだイマイチ実感がわかない。そういえば、学校での呼《よ》び方はどうするんだろう？

「ねぇ……」

うしろを向いて、サリナに話しかけようとしたら、いつものとりまきの女の子たちがかけよってきた。

「サリナちゃん！　今度の日曜、誕生会《たんじょうかい》をするんだけど……」

あたしとサリナの間にわりこむように、女の子たちがサリナをとりかこむ。あたしはあわてて前を向いた。

しょうがないか……。あたしたちが仲間でいられるのは、ダンスをしているときだけなのかも。

「ごめん、あとにしてくれる？　いま、イッポと話してたから」

背中《せなか》で声がして、息が止まった。

「え？　イッポって？」

なんのことっていうように、女の子たちがだまりこんだ。いつものサリナとはちがうようすに、とまどっている感じ。でもサリナは、かまわずにあたしの背中に声をかけてきた。

「何？」

あたしは、ふりむくことができなかった。うれしくて、はずかしくて、どうしていいかわからない。

「ねぇ、イッポったら」

ふりむくと、ようやく女の子たちは、イッポっていうのがあたしだとわかったみたい。

「いま、何かいいかけてたよね？　イッポ」

また、はっきりとそういった。

「へぇ、野間《のま》さんって、イッポっていうんだ？」

「かわいいあだ名だね。わたしもそう呼《よ》ぼうかなぁ」

「そうだ、野間さんも誕生会《たんじょうかい》こない？　考えておいて！」

女の子たちは口ぐちにいうと、「じゃあね」といってしまった。

「あの……ありがとう」

あたしは、ためらいながらサリナにいった。

「何が？」

サリナが、首をかしげる。誕生会にさそわれたことよりも、サリナがみんなの前でもイッポと呼んでくれたことのほうが、ずっとずっとうれしかった。

「ううん、なんでもない」

前を向くと、心がほわっとあったかかった。

よーし、ダンス、がんばるぞぉ！

授業《じゅぎょう》がはじまってからも、そわそわしっぱなしだった。つぎの土曜までに、ステップを完璧《かんぺき》にしたい。そう思ったら、頭の中がステップのことでいっぱいになった。

いつの間にかノートに、足の運び方や手の動かし方を書きこんでいて、人の絵ややじるしでいっぱいになっていた。

そっか、ノートに書いておけば、おぼえやすいかも……。

あたしは、授業中だってことも忘《わす》れて、夢中《むちゅう》で書いていった。

ワン、ツー、スリー、フォー。前、前、うしろ、うしろ。

頭の中で想像《そうぞう》しながらカウントしていたら、つま先が勝手に動きだしていた。

「それ、ボックスステップ？」

「そう！　よく、わかった……あれ？」

声の主を見あげると、佐久間《さくま》先生だった。

「いまは、体育じゃなくて、算数の時間なんだけど？」

みんなの笑い声がする。

「す、すみませんっ」

あたしは、汗《あせ》をかいてうつむいた。あ〜、またやっちゃったよ。

三子にも、わらわれちゃったかな……。

あれ？　どうしてここで、王子の顔がでてくるの？

あたしは熱くなったほおをかくすように、教科書で顔をおおった。


また、土曜日がやってきて、サリナの家に集まった。

前回やったステップは、ちゃんと頭にたたきこんだからバッチリ！

「じゃあ、ストレッチ、はじめ！」

サリナのかけ声で、ストレッチをはじめる。

「ワン、ツー、スリー、フォー、ファイブ、シックス、セブン、エイッ」

家でも毎日やっていたから、先週よりもずっと体の動きがスムーズだった。ふくらはぎや太ももの筋肉《きんにく》が、ぐぐっとのびているのがよくわかる。きょうは、いたさと気

持ちよさが半分ずつくらいだった。

ロボやネコも、よゆうの顔でストレッチしているから、やっぱり家で練習しているんだと思う。負けてられない！

ストレッチで体をほぐしたあとは、いよいよステップの練習だ。

サリナが音楽をかけて、ダウンのリズムをとりながら、「ケンパー」「ボックスステップ」「ランニングマン」「クラブステップ」を順番にやっていった。

「ケンパー」や「ボックスステップ」はなんとかなるけど、やっぱり「ランニングマン」と「クラブステップ」はまだむずかしい。先週よりは、マシだけど……。

ちらりとみんなを見ると、やっぱりサリナは慣《な》れた感じでうまかった。

ネコは、ときどき足がからまっちゃってるけど、リズムにはのれている感じ。

ロボは、はやいリズムになるとついていけないみたい。

あたしは、ちゃんとできているつもりではりきってやってたんだけど……。

「イッポ、重心をのせる位置がちがってない？」

クラブステップをやっているとき、ロボにいわれた。

「ロボこそ、カニの動きっぽくないよ」

「でもイッポだって、そんなに変わらないと思うけど……」

あたしたちは、おたがいの足もとを見ながらいいあい、首をかしげて「う～ん」とうなった。

「カニが横に歩いたりするから、こんなステップができちゃったんだよぉ」

ネコも話に入ってくる。

でも、サリナは怒《おこ》ったりすることなく、

「最初は、ゆっくりでいいから。はじめからできる人なんていないよ」

ってはげましてくれた。

なんかいいな、この雰囲気《ふんいき》。この四人なら、何の遠慮《えんりょ》もいらないのかもしれない。だって、仲間だから。そう思うと、すごく勇気がわいてきた。

先週はすぐにつかれてしまったけど、きょうはもっとがんばれそう。来週は、もっともっと、がんばれるにちがいない！

7 体育館の裏《うら》に呼《よ》びだし？

「きょうの昼休み、五人目のスカウトにいくからつきあって」

サリナがそういいだしたのは、つぎの週の水曜日。何か、手ごたえを感じたのかもしれない。あともうひとり入ってコーチがつけば、あたしたちはもっとうまくなれるって、確信《かくしん》したような顔をしている。

そういえば、ミキちゃんってどんな子だっけ？　転校してきてからもう二週間もたつけど、あたしって人の顔と名前をおぼえるのが苦手《にがて》なんだよね……。

待ちあわせ場所についていくと、そこは体育館の裏《うら》!?

ひんやりして、うす暗い。シダが生えてて、しめった土のにおいがして、校庭で遊んでいる子たちの声が遠くにきこえた。

「ど、どうして、スカウトするのがここなの？」

「だって、だれもこないでしょ？」

サリナは平然といった。

まさか……ミキちゃんをボコボコにして、むりやりダンスチームに勧誘《かんゆう》するとか？

それって、まずくない⁉

それで、あたしもその仲間？

「だ、ダメダメ！　そんなのダメだよ！　暴力《ぼうりょく》はまずいって！」

「暴力？　まぁ、ひとすじなわじゃいかないだろうけどね」

そういって、手の指をポキポキと鳴らした。

サリナったら、ダンスのことになると見さかいがなくなるから……何かあったらどうしよう！

「や、やっぱり帰ろうよ！」

サリナの腕《うで》をひっぱってひきかえそうとしたら、ふりむきざまにだれかとぶつかった。

「何か用か？」

ぎゃっ！

あたしは、思わずとびすさった。

「王子！」

「王子？」

サリナと王子が、同時にくりかえした。

「ご、ごめん！」

あやまって、またサリナをひっぱると、
ぐいっとひっぱりかえされた。

「ほら、さっさとスカウトするよ」

「スカウト？　だれを？」

「こいつに決まってるでしょ」

「え、でも……男だよ？」

「どう見ても男だけど、ロボだって男。

男じゃダメなの？」

そうじゃないけど……。

「でも、スカウトするのはミキちゃんでしょう？」

「……ああ！」

サリナが、いきなりわらいだした。

「わらうな！」

王子が怒《おこ》る。あたしは、サリナと王子の間でうろたえた。サリナが、まだ「くくっ」とわらいながらいった。

「あれさぁ、まちがえる人が多いんだけど、美しいに喜ぶって書いて、『ヨシキ』っていうんだよ」

え!? 王子ってひとりでいることが多いから、クラスの子に呼《よ》ばれたところを見たことないし、だれかにきくのもはずかしくて……。それに、授業中《じゅぎょうちゅう》に手をあげることもなかったし……。

王子の名字って一条《いちじょう》なの？ それで、美喜って書いてヨシキって読むの!?

「え～!!」

頭の中がパニックになった。いままで数々《かずかず》のまちがいをしてきたけど、よりによって王子を女の子とまちがえるなんて！

「ご、ごめんなさい！」

あたしは、王子……ううん、一条《いちじょう》くんにまた頭をさげた。

「別にいいよ」

一条くんは、うざったそうに顔をそむけた。

「で、でも……ごめんなさいっ」

きょうは、なんて日だろう。もう、泣きたい。

「だから、いいっていってんだろ。オレは、うじうじしたやつがきらいなんだ！」

き、きらい。

なんか、ショック。

「うじうじしたやつがきらいなんて、よくいうなぁ」

サリナが、腕《うで》を組んで、見くだしたようにいった。

「サリナ、もういいから、あたしのことは」

「イッポには、関係ないから」

そんなぁ〜。サリナにまでつきはなされて、さらに落ちこんだ。

「わたしの知るかぎり、あんたほど、うじうじしているヤツはいないと思うけど。ミッキーは、ダンスが好きなはずでしょう？　なのに、なんでおどらないのよ！」

サリナは、ピシッと一条《いちじょう》くんを指さした。

え？　ダンス？　サリナ、王子のダンスのこと知ってたの!?

「そんなことをいうために、わざわざ呼《よ》びだしたのか？」

一条くんは、ポケットに手をつっこんだまま、サリナをにらんだ。

「いつまで、そんなふうにつっぱってるつもり？　わたしたちと、ダンスやろうよ！」

「よけいなお世話だ！」

どうして？　一条くんは、ダンスをやりたくないのかな。あんなにしあわせそうな顔でおどってたのに……。

険悪《けんあく》な空気の中、ふたりはにらみあいながら、じりじりと距離《きょり》を縮《ちぢ》めていって、いまにもつかみあいになりそうだった。

「サリナ、やめて！」

あたしは、サリナと一条《いちじょう》くんの間にわって入った。

「一条くんのいう通り、うじうじしているのはあたしだよ！」

一条くんをかばっているわけじゃない。ただ、言葉が止まらなかった。

「あたし、前の学校で合唱部にいたとき、ずっとうじうじしてた。サリナがいう通り、歌っててもちっとも楽しくなかったの。でも、みんなとうまくやることばっかり考えて、目立たないようにして……」

サリナが、視線《しせん》をあたしにうつした。

「転校してきたばっかりのときも、不安だった。だから、ダンスをするかわりに友だちになってもらうって、サリナと取引をしたけど、いまじゃ……」

「取引？　なんだそれ？」

一条くんが、あたしの言葉をするどくさえぎった。

「あ、ちがうの！　そうじゃなくて……。とにかく、一条くんもあたしたちといっしょにダンスをしてくれれば、わかると思うの」

必死にいったつもりだった。わかってほしかった。きっかけは取引だったけど、みんなとダンスをはじめて、あたしの中で何かが変わってきていること。だからきっと、一条《いちじょう》くんも……。

サリナを見ると、くちびるをかみしめていた。

あわてて一条くんに顔をもどす。軽蔑《けいべつ》したようなまなざしに息をのんだ。

「ダンスを取引の道具に使うようなやつらと、いっしょにできるかよっ！」

そうはきすてると、背中《せなか》を向けた。

一条くんの姿《すがた》が見えなくなったとき、昼休みがおわるチャイムが鳴った。

学校からの帰り道、あたしもサリナも無言だった。

頭の中が、後悔《こうかい》でいっぱいになってしまう。

「あの……」

ふたり同時に口をひらいた。

「あ、サリナから」

「ううん、イッポからいって」

ゆずられて、あたしはおずおずといった。

「あの、ごめん。よけいなこといって」

「ううん」

サリナは首をふった。

「あのさ、一条《いちじょう》くんがダンスをすること、サリナは前から知ってたの？」

「まぁね」

サリナは、かなり落ちこんでいるみたい。うつむきながら、ぽつんぽつんと話しはじめた。

「ミッキーとは、幼稚園《ようちえん》のときからいっしょだったんだけど、そのころからあいつ、子役《こやく》タレントとして活躍《かつやく》してたんだ」

「子役？　タレント？　すごい！」

思いがけない事実に、あたしはおどろいた。

「小学校に入ってからも、ちょくちょく休んでは、モデルの仕事やテレビの撮影《さつえい》なんかにいってたの」

うわぁ。あたしとは、住む世界がちがう。

「そのことで、みんなにからかわれたり、仲間はずれにされたりもしたんだけど、むかしからあいつ、そういうの全然気にしないの。自分は自分って感じで」

なんか、わかる気がする。人の目ばかり気にしてきたあたしとは、正反対かもしれない。

「でも、一年くらい前かな。急にタレント活動やめちゃって。理由も全然わからないから、みんなもとまどっちゃってね。毎日学校にくるようになったんだけど、あいつって、自分からまわりの子と仲よくするタイプじゃないじゃない？　だから、なんとなくういちゃって……」

「それで、いつもひとりなんだ」

ひとりでも平気だなんてかっこいいけど、それじゃあさびしいような気もする。

「じゃあ、ダンスもそのときに習ってたの？」

「うん。もともと素質《そしつ》もあったんだろうけど、養成所でいろんなレッスンを受けていたからね。活動をやめちゃう前は、おどってみせてってていえば、『しょーがねーなー』っていいながら、わたしの前ではおどってくれたんだ」

「さ、サリナは、特別だったってこと？」

いいながら、心臓《しんぞう》がドキンッとはねあがる。そのときの光景が、ありありと目にうかぶようだった。

「特別っていうより、わたしもバレエをやってたからじゃないかな。ミッキーって、ダンスなら何でも興味《きょうみ》を持ってたから、かわりにわたしもおどってあげたの。おたがい、自分のダンスを見せあって、ミッキーもすごく楽しそうだった」

サリナは、ふふっと思いだし笑いをした。

一条《いちじょう》くんのダンス……あの、しあわせそうな顔。あのダンスは、人の心も動かしてしまう。もしかしたらサリナは、一条くんのダンスを見て、自分のダンスを見つめなおしたくなったのかもしれない。

「どうして一条くんは、ダンスをやめちゃったの？」

「わたしも、深くは知らないんだけど……。ダンスキッズ選手権《せんしゅけん》っていう、全国からダンスのうまい子どもが集まる大会があったの。それに、ミッキーもでたんだ」

「それで⁉」

あんなにうまいんだもん、いいところまでいったはず。

「それがなぜか、とちゅうで棄権《きけん》しちゃって」

「えぇ？　そうなの⁉」

「うん……。それ以来、全部の活動をやめちゃったの。もったいないって、ずいぶんひきとめられたらしいんだけど、あいつ、がんこだから」

一条《いちじょう》くん、すごいな。そんな大人の世界ではたらいていながら、自分の意見を通してしまうなんて。

「ミッキーのダンス、もう一度見たい」

サリナは、くやしそうに顔をゆがめた。

「あいつのダンス、ほんとうにかっこいいんだよ。イッポにも、見せてあげたいくらい」

知ってる……。秘密《ひみつ》だから、いえないけど。

「ミッキーは、もうダンスが好きじゃないのかな」

サリナはさびしそうにいった。

「どうしてサリナは、そんなに一条《いちじょう》くんのことを気にするの?」

もしかして、サリナは、一条くんのこと……。

「ダンスがうまい人を、ほうっておきたくないだけだよ。古いつきあいだしね」

ほんとうに、それだけ?

少し気になったけど、あたしだってサリナの立場なら、同じことを思うかもしれない。一条くんがダンスをしているときの顔を、見てしまったから。

「一条くんは、まだダンスが好きだと思う」

「え? どうして?」

サリナが意外そうな顔をした。

「……なんとなく、そう思う」

体育館での一条くんは、ほんとうに輝《かがや》いててステキだった。ひとりで、だれにも知られずにおどっているだけなんてもったいない。

「もし、ほんとうにまだ、ダンスが好きなら」

サリナがつぶやく。

「いっしょに、ダンスをしたい」

「うん」

あたしも、一条《いちじょう》くんとダンスがしたい。もう一度、あのダンスを見てみたい！

8 東海林写真館《とうかいりん》

つぎの日の帰り道、遠まわりして駅前の商店街に向かった。

「このへんかなぁ……」

商店街にあるお店を、ひとつひとつ見ていった。

八百屋《やおや》さん、魚屋さん、雑貨屋《ざっか》さん、お米屋さん……。どれも、遠くから見てもひと目で何を売っているのかわかるのに、一けんだけ、ちょっと見ただけではよくわからないお店があった。ガラス戸の向こうはひっそりとしてうす暗く、そこだけ時間が止まってしまったような雰囲気《ふんいき》。

そばまでいくと、通りに面したショーウインドウに、写真がかざられていた。

お父さんとお母さんにはさまれた、笑顔の子どもたち。成人式の着物を着た、きれいなお姉さん。大人びた顔ですましている、七五三の子ども。しあわせな時間を切りとったような写真たちの上には、東海林《とうかいりん》写真館という色あせた看板《かんばん》があった。

ここだ！

ガラスのとびらに顔をおしつけるようにしてのぞいてみたけど、中に人の姿《すがた》は見えなかった。

やっぱり、やめておこうか……。

ロボに会えるとはかぎらないし、会えたとしても、何から話していいかよくわからない。

きょうは、定休日かもしれないし……。そんなことを思いながら、おそるおそるとびらをおしてみたら、ゆっくりと内側にひらいた。

わ！　あいちゃった！

「し、失礼しま～す」

あたしは、そっと顔をとびらの中に入れた。

カウンターにはだれもいない。奥《おく》のほうは、撮影《さつえい》するためのスタジオのようだ。スクリーンやカメラの機材のようなものが、無造作《むぞうさ》においてある。

「あのぉ……」

スタジオのほうから、タンタンタンタンと、足音がした。

なんだろう？

そっとお店に入ってのぞきこむと、ロボの姿《すがた》が見えた。ステップの練習をしている！

「何か、ご用ですかな？」

いきなり背中《せなか》で声がして、とびあがった。

「あ！　す、すみません。声は、かけたんですけど……」

「いやいや、ちょっと、席をはずしてましてね。こちらこそ、すみません」

おだやかな笑顔のおじいさんだった。ベレー帽《ぼう》をかぶって、首もとにはスカーフをしてて、おしゃれな感じ。

「あの……ロボ、じゃなくて、東海林《とうかいりん》くん、いらっしゃいますか」

いるのはわかっていたけど、のぞき見したなんていえなくて、うつむきながらきいた。

「ああ、風馬《ふうま》のお友だちですか」

おじいさんはそういって目を細めると、奥《おく》のスタジオに向かって声をかけた。

「風馬《ふうま》！　ガールフレンドがきてくださったぞぉ！」

え～！　ガールフレンド!?

あたしがびっくりしていると、ダダダッと、ロボがかけつけてきた。

「じいちゃん！　ガールフレンドじゃなくて、ただの友だちだ！」

「女の子の友だちをガールフレンドっていうんじゃないのか？　ま、ゆっくりしていきなさい」

おじいちゃんは、にまっとわらいながら、ドアの向こうに消えてしまった。

「何か、用？」

ロボが、むすっとしていう。そんないい方しなくても……。

「別に……用ってわけじゃないけど。ちょっと用っていうか」

勇気をだしてきたものの、少し後悔《こうかい》していた。ロボに相談したって、とても解決《かいけつ》するとは思えない。

話を切りだしにくくて、あたしはきょろきょろとあたりを見た。テレビで見たことがあるような、三脚《さんきゃく》にのった大きなカメラがあった。

ロボはあたしの視線《しせん》を追うと、愛《いと》おしそうにカメラにふれた。

「いまどきアナログのカメラなんて古くさいけどさ、けっこう、味がある写真が撮《と》れるんだよ」

「そう、なんだ」

あたしは、なんて返事をしていいかわからなかった。カメラのことに、くわしくないし。

「あのさ……。ダンスチームに、一条《いちじょう》くんをさそってみてくれない、かな？」

さりげなくいったつもりなのに、顔が熱くなる。

「一条くん？　どうしてさ」

「一条くんって、ダンスがうまいんだって。だから、男同士だし、少しは話も通じるかな、と思って……」

「ムダだね」

ロボは、冷たく即答《そくとう》した。

「第一に、一条《いちじょう》くんとぼくは、ほとんど話したことがない……っていうか、クラスの大半が、しゃべったことないと思うけど。第二に……」

ロボが、口をとがらせた。

「あんなかっこいいやつがいたら、よけいにぼくが見おとりする」

へ？　何、それ。

「だいたい、一条くんってずるいよ。あんなに自己《じこ》中心的で、クラスでういてるのに、かっこいいからなんとなく許《ゆる》されちゃって。もしぼくがあんなだったら、確実《かくじつ》にいじめられてるよね」

「いや……でもそれは、一条くんのせいじゃないし」

「そうだけど、ぼくは納得《なっとく》いかないわけ！」

う〜ん。あたしが、サリナのことをうらやましいなぁって思ったのと同じように、ロボは一条くんに、嫉妬《しっと》してるのかなぁ。わからないでもないけど。

「で、でもさ、一条くん、なんだかかわいそうだよ。ほんとうはダンスがうまいし、好きなのに……」

そういうあたしに、ロボは顔をしかめた。

「それって、おせっかいっていうんじゃないの？」

「え？」

「だって、どんな理由があるのか知らないけど、一条《いちじょう》くんは自分でダンスをやめたんだろう？　だったら、ぼくらが口をだすことじゃない。あいつは、自分のことは自分で決めるやつだと思うから」

な、何いってるの？　ほとんどしゃべったことがないっていってたくせに、知ってるふうなことを……。

ロボはため息をつくと、店のたなに並《なら》ぶ背表紙《せびょうし》を指でなぞりはじめた。

そして、一さつのファイルをぬきだすと、パラパラとめくった。

「これ、あいつの家族写真」

あ……。

お母さんとお父さん、それに、大勢《おおぜい》の子どもが写っている。数えたら、五人いた。

どの子もまだ小さくて、一番大きい子は、生意気そうな顔をして、そっぽを向いていた。

「もしかして、これ、一条《いちじょう》くん!?」

「そう」

小さいころから、変わってないんだな……。

「これって、個人情報《こじんじょうほう》じゃないの？　人に見せちゃっていいわけ？」

「ほんとうはダメだけど、まぁ、かたいこというなよ」

ロボは、パタンとファイルをとじた。

「あいつんとこも、以前は一年に一度、うちで家族写真を撮《と》ってたんだ。最近こないけど」

「それと、一条くんがダンスをやめたことと、何の関係があるっていうのよ」

ロボのいうことは、まったくわからない。

「わかってないなぁ。子どものタレント活動なんて、親なしじゃできないだろ？　撮影《さつえい》場所に連れていった

り、オーディションについていったり。五人も子どもがいるのに、どうして一条《いちじょう》くんは、それができたんだと思う？」

「それは、才能《さいのう》があるから、親が協力してくれて……」

う……。なんか、えらそう。

「そんな理由だけじゃ、とてもできないだろうな」

ロボはメガネをおしあげて、推理《すいり》するように腕《うで》を組んだ。

「もちろん、才能もあったし、人気もあったんだろうけど。ぼくが思うに、一条くんは、タレント活動の中で、どうしてもつづけたいことを見つけたんだ。それをやりたいから、親にもたのんで、ずっとがんばってきた」

それって……もしかしてダンス!?

「それなのにやめたってことは、相当大きな理由があるはずだ。ぼくらは、そこにはふみこめない」

「どうしてよ！」

「一条くんが、そういう性格《せいかく》だからだよ」

「……」

何もいえなかった。ロボのいう通り、一条《いちじょう》くんは一ぴき狼《おおかみ》で、だれかに相談したり、なやみを打ち明けて心を軽くしたりするようなタイプじゃないように思う。

「それに、一条くんは、五人兄弟の長男で、下の子の面倒《めんどう》もよく見てたし、たぶん活動をつづけるために、買い物なんかの手伝いも、むかしからよくやってた。ぼくとはちがう、根性《こんじょう》あるなって、いつも思ってたんだ。だから……」

ロボは、あたしをじっと見た。

「よく知りもしないのに、ぼくらが口をだすのは、どうかと思うけど」

すごくまともな意見に、言葉がでなかった。

「それにさ、どうにかしたいと思うなら、イッポが自分でいうべきじゃない？」

あ……。

ロボの言葉がつきささり、公園での事件《じけん》を思いだす。

大切なのは、あたしがどうしたいかだと、サリナにもいわれたんだっけ。

「ま、どっちにしろ、自分からやるって決めないと、つづかないよね」

今度は、素直《すなお》にうなずくことができた。あたしだって、自分でみんなとダンスをやりたいって思えたから、いまもつづいているんだ。

「ちょっと、見なおした。ロボのこと……」

あたしのまちがいに、気づかせてくれた。

返事がないから「あれ？」と見ると、ロボが顔を赤くしていた。

うわわ、なんなの、その反応《はんのう》！

「あ、あのさ、ところで太極拳《たいきょくけん》ってどうやるの？　やってみせて！」

あたしは、あわてて話をそらした。

「イヤだよ。イッポもやるなら、いいけど……」

「え～！」

この状況《じょうきょう》で、ふたりでやるなんて……あたしは、きょろきょろとあたりを見た。

とりあえず、おじいちゃんはいないみたい。

も～、はずかしいけど、自分がいいだしたんだからしかたない！

あたしはランドセルをドサッと床《ゆか》において、覚悟《かくご》を決めた。

「おへその下に意識《いしき》を集中して、呼吸《こきゅう》は深く、長く！」

「は、はい！」

おへその下に力を入れながら、呼吸も意識して体を動かすのって……むずかしい！

呼吸にあわせて、そろりそろりと体を動かす。手をあげたりさげたり、つま先をうかせて、足をゆっくりと移動《いどう》させたり。それは時間の流れにさからうようで、いままで経験《けいけん》したどの動きともちがっていた。

一条《いちじょう》くんのいっていた通り、太極拳《たいきょくけん》って全身の筋肉《きんにく》を使うみたい。ゆるやかな動きなのに、汗《あせ》がでてきた。

「うわっ。ふくらはぎがつりそう～！」

「しょうがないなぁ、これくらいで……」

ロボがあきれる。ダンスとは、またちがったむずかしさだ。こんなのを毎日やっていたら、体もきたえられそう。

「ますます見なおしたかも」

あたしが動くのをやめても、ロボは真剣《しんけん》な顔で体を動かしつづけていた。

夕暮《ゆうぐ》れの日ざしが、窓《まど》からさしこんでくる。

ゆったりした時間に、ゆったりした動き。このお店にぴったり。すばやい動きもいいけれど、ゆったりっていうのもステキかも。

ロボの顔も、お店の中も、夕日色にそまっていった。しずかな時間が流れ、心の中が、しんと落ちつく。

あたしは、この写真館が好きだと思った。

「きょうも、がんばるぞ～！」

あたしは、ぐんっとのびをした。

土曜日の練習にくわえ、家で毎日体を動かしているせいか、夜はぐっすり眠《ねむ》れるし、朝の寝《ね》ざめもすっきり！

一条《いちじょう》くんのことは気になるけど、まずは自分がしっかりしなくちゃって思った。やるって決めたことをちゃんとやって、もうちょっと自信がでてきたら……。自分で自分の気持ちを伝えられる気がする。

「一歩《かずほ》～！　はやくおきないと、また大きな声で、呼《よ》ばれちゃうわよぉ」

お母さんが、一階から呼んでいる。

いけない！　もう、そんな時間⁉

「イッポー、きたよ～！」

きたっ！

窓《まど》の下の通りから声がして、あたしはあわてて階段《かいだん》をかけおりた。

「ねぇ、イッポって、イカしたあだ名よねぇ」

お母さんが、ニヤニヤしながらあたしを見る。イカしたって……いい方が古い！

「いいい、いってきまーす！」

Ｔ《ティー》シャツにジャージ姿《すがた》で、あたしは玄関《げんかん》をとびだした。イッポってあだ名は気に入っているけど、親の前でいわれると気はずかしいというか……。

それにしても、信じられない。このあたしが、朝からマラソンだなんて！

お母さんも、「ねぼすけの一歩《かずほ》がマラソンだなんて、雨がふると洗濯物《せんたくもの》がこまるんだけどな～」なんてぼやいている。ぼやきたいのはこっちのほうだけど、ダンスのためならしかたない！

サリナいわく、ダンスにとって、持久力《じきゅうりょく》というのはかなり重要らしい。それがないと、ずっとおどりつづけていられないから。

そこでサリナが、今週から朝のマラソンを提案《ていあん》してきた。毎朝、雨の日も、風の日もむかえにくる。

ネコの家も、ロボの家もまわって町内を一周する。ネコは、むかえにいくまで眠《ねむ》っているみたいだけど、ロボはいつもお店の前で待っていた。たぶん、商店街中に響《ひび》く声で「ロボー！」っていわれるのをさけているんだろう。

「朝走るのって、気持ちいいよね～」

サリナは、よゆうの顔で走っている。すでにバテはじめているあたしとは、大ちがい……。

「朝って、まだ、体が眠《ねむ》っているから、急に動かすのは、よくないらしいよ」

ゼイゼイと息を切らしながら、やっとの思いでうったえる。

「そうなんだ、よかった！　マラソンの前にストレッチと筋《きん》トレしてきて。イッポもあしたから、そうしなよ」

「……」

こんな調子で、いつもサリナのペースにはまってしまう。

「サリナの、そういう、まっすぐなところ、すごい……と思う」

汗《あせ》をだらだらかきながら、ちょっと皮肉《ひにく》をこめていった。すると、住宅街《じゅうたくがい》の真ん中で、サリナは突然《とつぜん》立ち止まって足ぶみをした。

「どうしたの？」

あたしも、となりで足ぶみをする。

「そうなんだよ。わたし、まわりくどいのはきらいだからさ。イッポのおかげで決心がついた。やっぱり、さそってみよう！」

「え？　だれを？」

「ミッキー」

そういって、サリナは目の前の二階建ての家を見あげた。

「え……ここ、一条《いちじょう》くんの家なの!?」

そこは、うちの近く……っていうか、すぐうしろにあるのは、うちの屋根だよね!?　ってことは、うちと一条くんの家って、背中《せなか》あわせのご近所さんってこと!?

とても信じられないけど、たしかに「一条」って表札がでている。

じゃあ、毎朝うちに向かって「イッポー！」っていわれているのも、きこえてたってこと、かも……。

きゃあ〜、はずかしい！　まさか、あんなはずかしいことを、一条くんにもするなんてことは……。

「ミッキー！　いっしょにマラソンしよー！　ダンスしよー！」

おそかった。

サリナは、近所中に響《ひび》きわたる声で一条《いちじょう》くんを呼《よ》んだ。

「ミッキー！」

二度目の呼びかけで、一条くんはとびだしてきた。きゃっ、まだパジャマ！

「朝から、うっせーんだよ！」

「おはよ。あたしたち、マラソンしてるんだ。いっしょに走ろうよ」

「どうして、オレがマラソンするんだよ。ダンスなんてしないっていってるだろ!?」

一条くんは、怒《いか》りモード全開。顔を真っ赤にしているのは、怒りもだけど、大きな声でミッキーって呼ばれてはずかしいんじゃないかな。

一条《いちじょう》くんが、ちらっとあたしたちを見た。深呼吸《しんこきゅう》して、むりやり心を落ちつけている感じ。

「サリナ、マジでこいつらとダンスできると思ってるのか？　素人《しろうと》で、しかも……」

ぐっと言葉を飲みこんだけど、あたしにはそのつづきがわかった。

しかも、変わり者のこいつらと。

「だいたい、オマエ！」

一条くんが、まっすぐにあたしを指さした。

え、あたし？

「オマエの声、うるさいんだよ」

ど、どうして～!?　なんのことかわからずに、何もいえなかった。

「ちょっと、あんたねぇ！　ご近所さんに、なんてことというのよっ」

文句《もんく》をいうサリナを、あたしは力いっぱいひっぱった。どうしていいかわからなくて、とにかくはやくこの場から逃《に》げだしたい。

「きょうのところは、あきらめるけど……またくるから」

サリナが、一条《いちじょう》くんをにらんだ。

「きてもムダだ。二度とくるな！」

あたしがひっぱると、サリナは力いっぱいさけんだ。

「いやだ。わたし、ミッキーのダンスをまた見たい。わたしは、あんたみたいにおどりたいんだからぁ！」

一条くんはふりかえりもしないで、乱暴《らんぼう》にドアをしめた。

9 ブリッジの特訓《とっくん》

絶対《ぜったい》に、ブリッジしてみせる！

あたしは、和室のふとんの上であおむけになった。両方のてのひらを床《ゆか》につき、両足をふんばる。「えいっ」という気合いとともに、天井《てんじょう》に向かってお腹《なか》をつきあげた。

「うぐぐぐ〜」

頭に血がのぼって、手足がぷるぷるとふるえる。

「ぷはぁ〜！」

一気に力がぬけて、ばたっとふとんの上にたおれこむ。天井に、一条《いちじょう》くんのバカにしたような顔がうかんだ。もー、くやしい！

あたしの声がうるさいって、どういうこと？　あのときはあわてちゃったけど、そんなに気になるなら、耳せんでもしろってーの！

もう一度、力まかせに体を持ちあげた。

くやしい。こんなにくやしいのに……。

また、ドスンとふとんにたおれこむ。

一条《いちじょう》くんのダンスが、頭からはなれない。それどころか、ますますあざやかに、くっきりと頭によみがえる。もう一度見たい、自分もあんなダンスをおどってみたいっていう気持ちがおしよせて、もっとくやしい気持ちになる。

だから、あたしは決心した。

せめて、一条くんがやっていたようなブリッジをできるようになって、見かえしてやる！

「あらら、今度はなぁに？」

お母さんが、眉《まゆ》をよせてあたしを見おろしていた。

「見て、わからない!?」

あたしはイライラしながら、また力を入れた。

「う〜ん……カメがひっくりかえって、あばれているようにしか見えないけど」

ほおに手をあてながら、お母さんがいう。あたしは力がぬけて、またふとんにくずれおちた。

「これ、ブリッジっていうの！　ブリッジの練習！」

「へぇ！　そうだったの！」

お母さんは、大げさに目をまるくした。カメとまちがえるなんて、失礼しちゃう！

「お母さんだって、ブリッジできないでしょう⁉」

口をつきだすと、お母さんはアッハッハとわらった。

「ダンスにブリッジが必要だったとはね〜。知らなかった！　くれぐれも家をこわさないでちょうだいよ。これ、借家なんだから」

わらいながらいってしまうお母さんにため息をつくと、あたしはもう一度チャレンジした。一条《いちじょう》くんは、あんなに軽々《かるがる》とかっこよくやっていたのに。

あたしって、ほんとうにダメ……。くじけそうになって、ぶるんっと頭をふった。

「ううん、あきらめない！」

あたしはもう一度かまえなおすと、「えいっ」と体を持ちあげた。

ブリッジができるようになりたい理由は、もうひとつある……。

心のすみにひっかかっている、サリナとの取引のこと。

体育館の裏《うら》でいいかけたのに、きちんと話すことができなくて、そのままになっている。サリナと仲よくなればなるほど、ダンスに夢中《むちゅう》になればなるほど、取引のことがわだかまりとなって重くのしかかってくる。

取引なんか関係なく、あたしはサリナと仲間でいたいし、ダンスをやりたいんだって伝えたい。サリナが教えてくれる以上のことができるようになれば、あたしの本気が伝わるんじゃないかって思った。

王子を見かえして、サリナにも想いを伝える！　そんな想像《そうぞう》をしながら、「えいっ」とブリッジの練習をくりかえした。

昼休み、あたしは教室をぐるっと見まわした。

サリナは図書室にいってて、いないからちょうどいい。

ロボは男だから、まわりの目が気になるし……。

残るは、いつもひとりで眠《ねむ》りこけている、ネコなんだよね。でも気持ちよさそうに寝《ね》ているし、おこしたら機嫌《きげん》悪くなりそう……。

「あ、あのさっ」

あたしは思いきって、つくえにつっぷしているネコに声をかけた。

「にゃあ？」

ネコは、眠そうな顔で目をこすった。しぐさも、本物のねこみたい。

「ゴメン、じゃましてて。実は、相談があるんだけど」

あれから家で練習しているけど、ブリッジはなかなか上達しない。こうなったら、だれかに手伝ってもらうとか、アドバイスしてもらうしかないなって思った。

「あの……ブリッジが、できるようになりたいんだけど……」

あたしは、おずおずといった。

「ブリッジって」

ネコはおもむろに立ちあがると、ズズズッとイスやつくえを横におしやった。そして、ほんの少しできたスペースに向かって、立ったままいきなり体をぐにゃりとそらして……。

「これ？」

「わっ！　すごい……っていうか、ここでやらなくてもいいって！」

ネコは信じられないやわらかさで、いともかんたんにその場でブリッジをしてしまった。もちろん、教室にいたみんながこっちを見ている。

「え？　やらなくていいにゃ？　ん？」

体をもとにもどすと、あたしを見て首をかしげた。まわりのことなんて、何も目に入ってこないみたい。

「いや、あたしがいいたいのは、つまり……」

あたしはあわててネコの手をひっぱって、教室からとびだした。みんなの視線《しせん》をふりきってろう下の角をまがると、はぁっと息をついた。

「もー、いきなり教室でブリッジしたら、みんなが変に思うでしょう？」

「うちは平気だけど〜」

ネコは、目を細めてあくびをした。

はぁ。ネコってホントにマイペース……。

「それ、あたしにもできるかな？」

「それって、ブリッジのこと？　どうしてできないの？」

どうしてって……できる人にとっては、できないほうが不思議《ふしぎ》なのか。あ〜、やんなっちゃう！

すると今度は、ロボがひょこっと首をだしてきた。

「ここにいたのか。どうしたんだよ、いきなり派手《はで》なパフォーマンスして」

どうやら、気になってさがしにきたみたい。

「え、パフォーマンスじゃないよ。ただ、ブリッジを教えてもらいたいなって思っただけ。サリナには、内緒《ないしょ》で……」

そういうと、ロボは腕《うで》を組んだ。

「ふ〜ん。つまり、ぼくらに協力してほしいってことか」

いや、ロボにはたのんでないんだけど……。

「しょうがないな。でもここじゃ、場所が悪い」

「え、ちょっと！」

あたしのことなんておかまいなしで、ロボはスタスタと歩きだした。

ロボが入っていったのは、体育館の奥《おく》にある体育倉庫。暗くて、つんっとかびくさいにおいがする。

「ここでやるの？」

ちょっと、やだなぁ。

「ぜいたくをいうな。みんなに、ぶざまな姿《すがた》を見せたいのかい？」

ぶざまって、決めつけなくたって……。

「わかったよ」

あたしは、いじけながらうなずいた。

「ぼくたちが、イッポの秘密《ひみつ》特訓につきあってやる。ありがたく思え。ムハハハ」

相変わらず、えらそうだし。

「よろしく、お願いします……」

あたしは軽くストレッチをして、マットをしいた。家でやっていたようにマットの上に寝転《ねころ》ぶと、その体勢《たいせい》から手足をふんばって、お腹《なか》を持ちあげようとする。けど、ちっとも持ちあがらない。

「なにやってんの？」

歯を食いしばっているあたしの顔を、ネコがのぞきこんできた。

「……見て、わかる、でしょ。ブリッジ、しようと……ダメだぁ！」

あたしは、またどさっとくずれおちた。

「そんなことしなくてもさぁ。こうやってぇ」

ネコがさっきと同じように、立った姿勢《しせい》から体をそらして、軽々《かるがる》とブリッジした。

さらに、足をぽんっとけりあげて立ちあがる。

すごっ！

一条《いちじょう》くんと同じことができてる！

練習もしていないのに目の前でやられてしまうと、なんだかやる気が一気にダウン。

「おい、いくら根性《こんじょう》なしでも、あきらめるのがはやすぎるだろ」

ロボは、めちゃくちゃ口が悪いし。

「一回寝《ね》ころがるより、立った姿勢《しせい》からブリッジしたほうが、絶対《ぜったい》かんたんにゃ〜」

ネコが、力のぬけた声でいう。

……そうかな。どっちみち、ブリッジできるようになったら、立ち姿勢からやる練習をしようと思っていたし、そのほうがてっとりばやいかも！

「わかった。教えて！」

あたしはまっすぐ立って、うしろに体をそらそうとした。

「いいよ〜」

うしろでネコが待ちかまえているんだけど、あたしはちょっとのけぞったまま、体が動かなくなった。

「どうしたにゃ？」

「これ以上……体がまがらない」

考えてみたら、うしろに目があるわけじゃあるまいし、体をそらして手を床《ゆか》につくなんて、こわくてできないよ！

「ネコは、体がやわらかいから平気だろうけど、あたしにはムリだよ」

あーあ、やっぱりダメだ。

「じゃあさ、さかだちしてからそのままたおれたら？」

さかだち？

なるほど。いったんさかだちをして、そのままうしろに足をおろせば、ブリッジになる……はず。そこからおきあがれるようになれば、かなりかっこいい！

「うん、それでいこう！」

マットに向かって、あたしは「えいっ」と両手をついて足をふりあげた。ネコとロボが足首を持ってくれて、さかだちまではオッケー。

「このまま、ゆっくりと、ブリッジすればいいんだよね!?」

あたしは、頭に血がのぼるのを感じつつ、苦しい姿勢《しせい》できいた。腕《うで》が、ぷるぷるとふるえる。

「そうそう、かんたんにゃーん！」

ゆっくりと、足をおろして……と思ったら、とちゅうでふたりがパッと手をはなした。とたんに……。

バッターン！

「いった〜！　ちゃんと支《ささ》えてよぉ！」

アイタタタ……。

「いや、だって、ネコが支えてると思ったから」

「うちは、ロボがいるからと思って」

ふたりで、責任《せきにん》をなすりつけあっている。

も〜！

でも、まぁ、一番いけないのは、あたしの体のかたさかもしれないけど。

「だいたいさぁ、ブリッジって、橋のことだろ？　橋っていったら、アーチ橋、ラーメン橋、つり橋といろいろあるわけだけど、イッ

ポのは、そのどれにも当てはまりそうにないなぁ。ちっとも橋になってない」

ロボが眉《まゆ》をよせる。

「そもそも、日本で一番長い橋は……」

また、話がそれてるし！

「橋の話はいいから！」

あたしがいうと、ロボは目をぱちくりさせてメガネをおしあげた。

「ああ、ブリッジのほうね。まぁ、失敗したけど、おしかったんじゃないの？」

あたしは体をおこした。そういわれると、さっき一瞬《いっしゅん》だけつま先がついて、ブリッジの体勢《たいせい》ができていた気もする。

「そう？　そっかな？」

何か、かすかな手ごたえを感じた。いままでは、まったくできる気がしなかったんだけど、さっきは、もしかしたらって感じがした！

「毎日練習すれば、できるようになるかも！」

胸《むね》をドキドキさせていると、ロボが不満そうな声をあげた。

「毎日？　まさか、ぼくらも？」

「うち、昼休みは、お昼寝《ひるね》タイムにゃん」

ネコもいやがっている。

うう……。

いままでのあたしなら、とっくにあきらめていたと思う。まわりの人に何かをたのみこんでまでやることもなかった。

でも、今回だけはあきらめたくない。このままだと、先に進めない気がする。

「お願いしますっ！」

あたしは、がばっと土下座《どげざ》した。

「できるまで、練習につきあってください！」

「しょうがないなぁ。それじゃあぼくは、太極拳《たいきょくけん》でもやってるか。そのかわり、給食でプリンがでたらくれる？」

ロボが、ニヤリとわらう。

「え〜！　プリン!?」

プリン、好きなのに……。

「い、いいよ」

「ムフフ。ま、プリンくらいじゃ、わりにあわないけどね。ちゃんと背筋《はいきん》と腹筋《ふっきん》、腕《うで》立てふせもしてくるんだぞ」

プリンまでとっておいて、さらにえらそう。

「うちは、ここで寝《ね》ればいいか」

ネコが、またふわあっとあくびをする。

ふたりとも、たよりになるのかならないのか……。

だけど、あたし、絶対《ぜったい》にがんばる！


それから、昼休みはブリッジの練習の時間になった。

サリナに「どうして三人ともいなくなるの？」ってきかれたけど、「ちょっとね……」っていったら、それ以上きかれなかった。あたしだったら気になると思うけど、サリナは「ふーん」といっただけ。なんか、信頼《しんらい》されているみたいでうれしい。

友だちじゃなくて仲間って、こういうことなのかもしれない。

ロボとネコのおかげで、さかだちしてブリッジする技《わざ》は、補助《ほじょ》なしでもなんとかできるようになったし、寝《ね》たままの姿勢《しせい》からのブリッジもできるようになった。だから、ひとりでもできないことはないんだけど……。ひとりきりで体育倉庫で特訓なんて、あやしいし、さびしい。

それを察してくれたのか、ロボとネコはずっと練習につきあってくれた。でも、ふたりとも、太極拳《たいきょくけん》も昼寝もしなかった。おたがい教えあいながら、ステップの練習をしている。

そういうのを見ると、つい、あせりそうになるんだけど……。

まずは、ブリッジ！

ふたりのステップをききながら、その横で、あたしはひたすらブリッジをくりかえす。

一条《いちじょう》くんやサリナなら、たとえひとりでも練習するんだろうな。そう思うと、ちょっと情《なさ》けない気もするけれど、あたしはこの時間が好き。

言葉をかわさなくても、いっしょにいるだけで安心できる仲間なんて、はじめてだったから。

秘密《ひみつ》特訓がつづいたある日、サリナがいきなり提案《ていあん》してきた。

「みんな、やる気があるみたいだし、練習日を増《ふ》やさない？　水曜なら、うちの教室が二時間くらい使えそうだから」

たしかに、土曜日だけでは少ない気がする。ひとりで練習するには限界《げんかい》があるし、あたしにとってはうれしい提案だけど……。

「じゃあ、うちのミケに相談してみるぅ」

ネコは、いつも学校から帰るとミケと遊んでいるらしい。

「ぼくは、カメラの手入れがあるんだけど……ま、いいか」

えらそうにいいながら、ロボの顔はうれしそう。

「じゃあ、水曜日の放課後もやるってことで、調整よろしく！」

「でも……」

「イッポ、イヤなの？」

するどい視線《しせん》に、たじろいだ。

「そうじゃ、ないけど」

あたしは、サリナのお母さんがいった言葉を思いだしていた。バレエの練習は減《へ》らせないからねっていってた。

「サリナ、ムリしてない？」

「え？　何が？」

サリナは首をかしげた。ほんとうに、わからないって顔をしている。

「それならいいんだけど……」

「じゃあみんな、いいよね。がんばろー！」

サリナははりきって、さっさと決めてしまった。

はじめての水曜日の練習。少し、はやめについてしまった。

レオタードを着たわかい女の人が玄関《げんかん》にでてきて、地下の教室に通された。ドアをあけると、まだバレエの練習中だった。

はしっこで見学していたら、バレエをしている子たちの中に、サリナの姿《すがた》を見つけた。

わ、きれ〜い。

レオタードを着てバレエシューズをはいたサリナは、華奢《きゃしゃ》なのに力強い感じでかっこいい。

体をそらせて、足がまっすぐにあがる。体の重さなんて感じさせないくらい、軽やかにステップをふみ、くるくると回転する。

バレエって優雅《ゆうが》なのに、ピシッとしてて力強い。体の真ん中に芯《しん》があるようにおどるから、きれいに見えるんだ。

そのうち、きいたことのあるクラシック音楽が流れてきた。

そういえば、バレエの音楽って、クラシックって決まっているのかな？　ロックとかポップスって、バレエにはあわなさそう……。

ってことは、ダンスに音楽をあわせるの？

それとも、音楽にダンスをあわせるの？

どっちなんだろう？

少しの間見ていただけなのに、発見や疑問《ぎもん》がつぎつぎでてくる。
サリナがバランスをとるように、片手《かたて》を上のほうにあげ、同時に片足を高くあげた。
すご〜！

「ピエ！　もっと高くあげて！　ふらつかない！」

先生であるサリナのお母さんの大きな声に、びくっとする。たくさんいる生徒の中でも、サリナは特にきびしく注意されている気がした。だれよりもうまく見えるのにな……。

楽しそうにおどっているほかの子たちにくらべて、サリナはいつもの元気がないように見えた。

あたしは見ていられなくなって、教室の外にでた。

そのあと、ネコとロボがやってくると、着がえたサリナもやってきた。さっきまできびしいレッスンを受けていたなんて、少しも感じさせない笑顔で、明るくはりきっている。

みんな、がんばってるんだ。

「よーし、きょうもおどろう！」

あたしは明るくいった。

イッポ&サリナの熱血ダンスレッスン

DANSTEP《ダンステップ》 2

ボックスステップ編《へん》

Level ★★★

①
右足を左前角に
②
右足はそのままで左足を右前角に
③
右足を右後ろ角に下げる
④
左足も左後ろへ下げる
5拍目《はくめ》から8拍目は①〜④をぜんぶ左右逆《ぎゃく》にしてくりかえして。リズムにのって、腕《うで》を大きくふるのもポイントよ!

10 一条《いちじょう》くんの別の顔

その週の金曜日。

学校から帰ると、お母さんから買い物をいいつけられた。

「きょう、スーパーの改装《かいそう》セールなのよ、お願い！　たくさん買い物したら、腕《うで》の筋《きん》肉《にく》がつくよ～！」

ブリッジの練習を知っているお母さんは、わざといたいところをついてくる。

「しょうがないなぁ」

あたしは、駅の近くにあるスーパーまで買い物にいった。

お母さんのいう通り、改装したばかりみたいで、店の入り口は派手《はで》にかざりつけられて、大きく「改装セール！」と書いてあった。

「すごい人……」

お母さんにわたされたメモを見ながら、つぎつぎとかごに品物をほうりこんでいった。かごがずっしりと重くなって、腕《うで》に食いこむ。

う～、筋肉《きんにく》がつくどころじゃないよ……。

あたしは顔をしかめて、急いでレジに向かった。レジもこんでいて、なかなか順番がまわってこない。前にいるわかい女の人は、片手《かたて》で重そうなかごを持ち、もう片方の手でベビーカーをおしていた。

うわぁ、大変そう。

「お先にどうぞ」

前のほうから声がきこえて、女の人が頭をさげた。どうやら前の人が、順番をゆずってあげたみたい。

へぇ、やさしい人もいるもんだな～って思ったら……。

「いっ！」

一条《いちじょう》くん!?

ど、どうして一条《いちじょう》くんが？

そうか、買い物とか手伝ってるって、ロボがいってたっけ……。なんて考えていたら、一条くんがふりかえって、バッチリ目があってしまった。

それなのに、ぷいっとそっぽを向かれた。あたしもどうしていいかわからなくて、ただうつむいていた。

レジをおえて、エコバッグに品物を入れおわった一条くんは、さっさと店をでていこうとする。

「あ、待って！」

あたしも急いで荷物をつめると、あわてて追いかけた。考えてみたら、家はすぐ近くなんだから、帰る方向も同じだ。

追いつくと、少し距離《きょり》をおいて歩いた。

「あのぉ」

きこえているくせに、一条くんはふりかえりもしないで、スタスタと歩いていく。

「一条くんって、いいところあるね」

「うるさい。ついてくんな」

「だって、うちもこっちの方向だし」

「オマエのほうが、あとから越《こ》してきたんだから、ちょっとは遠慮《えんりょ》しろっ！」

そんな無茶な……。でも、ふたりだけで話せる機会なんてなかなかないし、これはチャンスかも。

「あれからサリナ、落ちこんじゃって、マラソンのときも一条《いちじょう》くんの家の前、通らないようにしているんだよ」

あたしは、勝手に話すことにした。サリナったら、「またくるから」なんていったくせに、あれ以来、ちっともさそいにいこうとしなかった。さすがのサリナも一条くんの剣幕《けんまく》がすごすぎて、ダメージが大きかったみたい。

ムシして歩いていく一条くんの背中《せなか》に、あたしはもうひとこと、ぶつけてみた。

「あたし最近、ブリッジの練習しているんだ」

そういうと、一条くんの肩《かた》がぴくっと動いた気がした。でも、まだ返事がない。

「最初は、全然できなかったんだけど……やっと、さかだちからブリッジするところまでは、できるようになったの。そのあとが、うまくいかないんだけど」

あたしは、一条《いちじょう》くんの反応《はんのう》をうかがった。

「ブリッジの姿勢《しせい》から立ちあがるのって、何かコツがある？　それとも……」

「いいかげんにしろ！」

一条くんのするどい声に、びくっとした。

「ど、どうしていつも怒《おこ》るの？　一条くんは、ダンスが好きなんでしょう？」

あたしは、おじけづきそうになりながら、言葉をしぼりだした。

「なんで、やめちゃったの？」

一条くんがダンスをやめたのには、大きな理由があったんじゃないかっていうロボの言葉が、ずっと気になっていた。

「それがわからなきゃ、あたし、あきらめられないよ……」

顔が熱くなった。一条くんのダンスをまた見たいっていう思いも、もう一度ダンスをしてほしいっていう気持ちも、あきらめられない。

そして、いっしょにおどりたいっていう願いも……。

もっと怒《おこ》るんじゃないかと身がまえていたけど、一条《いちじょう》くんはしずかに答えた。

「オレは、ダンスが好きじゃないし、オマエには関係ない」

冷たくつきはなされて、カッとなった。

「どうしてうそつくの!? 体育館でおどってたじゃない! すごくかっこよかったし、楽しそうだった。それなのに、大会をとちゅうで棄権《きけん》するなんて、一条くんらしくない!」

ふりかえった一条くんの顔を見て、しまったと思った。大会を棄権した話は、サリナからきいただけだった!

「あ、あの……ごめん」

あたしはうつむいて、口をとじた。いたたまれないような沈黙《ちんもく》の中、一条くんのため息がきこえた。

「とちゅうでほうりだしたのは、たしかに卑怯《ひきょう》だったかもしれないけど……」

一条くんが、足もとを見つめた。

「あのままつづけてたら、ほんとうに、ダンスがきらいになってたから」

ダンスがきらいって……。

「どういうこと？」

「あの大会の優勝者《ゆうしょうしゃ》は、映画《えいが》の主役になることになってたんだ。その映画は、ダンスシーンがたくさんある作品だったから、オレは絶対《ぜったい》に負けたくなかった。でも……とちゅうでわかっちゃったんだ」

「何が？」

一条《いちじょう》くんの顔がゆがみ、言葉にするのもつらそうだった。

「……ダンスの大会は宣伝《せんでん》のためで、優勝は、もうオレに決まってたって」

くやしそうに、くちびるをかみしめる。

それって……最初から、仕組まれていたっ

てこと？　参加したほかの人たち……ううん、一条《いちじょう》くんのことだって、バカにしている。

「でも一条くんは、悪くないじゃない！」

お腹《なか》の底から、怒《いか》りがこみあげてきた。

「それなのに、どうして一条くんがダンスをやめないといけないの⁉」

「オレのダンスを、汚《けが》されたくなかったから……」

そうなんだ……。一条くんは、自分のダンスを守るためにやめたんだ。だけどいまでも、ダンスへの熱い思いは、消えることなく心の中にある。だから、あんな顔でダンスができるんだ。

「まだ、ダンスが好きなんでしょう⁉」

「それは……」

一条くんがいいかけたとき、「バン、バーン！」と声がした。

「そこまでだぁ！　オレたちがきたからには、オマエはおわりだ！」

小学校二、三年生くらいの子がふたり、おもちゃのピストルを持ってポーズをつけている。顔やひざに、いくつもばんそうこうをはって、かなりやんちゃそう。

「広樹《ひろき》、勝《まさる》！」

一条《いちじょう》くんが、眉《まゆ》をよせた。

「抵抗《ていこう》してもむだだ！　バーン！」

ん？　なんなんだ？

「命中したぞ！　アニキ、たおれろよ！」

そういわれた一条くんは、ちらっとあたしを見たあと、小さくため息をついて「うっ」と胸《むね》をおさえた。

「くそ、こんなところでやられるとは……」

エコバッグをかかえるようにして、ばたっとたおれる。

い、一条くん!?

「やった～！　とうとう、やっつけたぞ！」

ふたりの子は、うれしそうにハイタッチすると、あたしをじっと見た。

「おい、そこのオンナ！」

はい？　あたし？

「オマエは何者だ？　アニキの彼女《かのじょ》か？　それとも悪の手先か？」

「え……か、彼女!?」

目をまるくしていると、たおれていた一条《いちじょう》くんが立ちあがった。

「おい、ふたりともやめろ。……これ、弟だから」

土をはらいながら、ぶっきらぼうにいう。

弟……どうりでふたりとも、顔立ちはととのっているけど生意気で……いやいや！

そんなことより一条くんが、弟のためにあんなしばいをするなんて！　スーパーでの件《けん》といい、一条くんのイメージが、どんどん変わっていく。

「なぁんだ、彼女じゃないのか」

「当たり前だよ。アニキの彼女なら、もっとかわいいはずだ」

ふたりともいいたいことをいって、あたしをじろじろ見ている。

「あのねぇ！　子どもが、そんな生意気なこといって……」

ちょっと説教してやろうと思ったのに、ふたりともますます調子にのった。

「ウシシ、子どもだってぇ」

「自分だって子どものくせに。それとも、オバサン？」

ギャハハッて、わらっている。

もー、あったまきた！

「ふたりとも～、悪の世界に、連れていっちゃうぞぉ～！」

両手をあげてつかまえようとすると、ふたりは「きゃあっ」といって、逃《に》げていってしまった。

はぁ……。あんなやんちゃな子たちの面倒《めんどう》を見るなんて、大変だなぁ。

小さな背中《せなか》が角をまがると、また一条《いちじょう》くんとふたりきりになってしまった。

「そ、それにしても意外だなぁ。一条くんって、もっとクールな人かと思ってた。弟思いの、いいお兄さんなんだね！　教室でもそんな感じでいれば、みんなとも、もっと仲良く……」

あたしがいいかけると、一条くんは眉《まゆ》をよせて、またこわい顔をした。そしてひとこと、ぼそっといった。

「もう、いいだろ？　ダンスをやめた理由もいったんだから、ほうっておいてくれ」

「で、でも……、きらいでやめたわけじゃないんでしょう？　ひとりでもダンスはできるかもしれないけど、練習場所も必要だろうし、みんなでおどったほうが楽しいと思うし……」

　あたしは、しどろもどろにいった。理由をきいてしまったら、ますますほうっておけなくなった。

「あたしはただ、一条《いちじょう》くんのダンスを、もう一度見たくて」

「そんなの迷惑《めいわく》だ。オレは、毎日風呂《ふろ》で熱唱してるような能天気《のうてんき》なヤツとはちがうんだよ！」

　風呂？　もしかして、お風呂でA《エー》ガールズとかを歌ってるの、きこえてた？　だから、うるさいっていってたの!?

「や、やだ、ごめん。もう歌わないから」

　消えそうな声でいうと、一条くんは、また怒《おこ》りだした。

「何いってんだよ！　歌いたければ、歌えばいいだろ！　好きなんだろ！」

　それって、歌っていいの？　悪いの？

「あと、ブリッジするときは、腰《こし》のストレッチをしっかりしないと、腰をいためるぞ」

も〜！　なんなの？　つきはなしたり、気づかってくれたり、どれがほんとうの一《いち》条《じょう》くん!?

「とにかく、もうオレにかまうな」

一条くんはそういうと、つかれたように背中《せなか》を向けた。

11 あたしのダンス！

つぎの土曜日にサリナの家にいくと、門の前にネコとロボが立っていた。

「あれ？　どうしたの？」

「なんかさー、バレエの発表会前で小さい子たちが練習するから、きょうは教室が使えないんだって」

ロボが残念そうにいった。

「きょうの練習は、なしかにゃ？」

ネコは、落ちつきなくそわそわしている。

「サリナは？」

ふたりとも「さぁ……」と首をかしげた。すると、アーチの向こうにある半びらきのドアから、声がもれきこえてきた。

「すみのほうで練習するから、ちょっとだけ貸《か》してよ」

「ダメよ。こっちはレッスン料もらってやってるの。バレエとあなたたちの遊びとはちがうのよ」

「遊びじゃないよ……」

いつものサリナらしくない、弱気な声がきこえてきた。

「いーい？　バレエの練習に手をぬかないっていうから、ダンスをつづけさせてあげているだけ。あなたはうちのバレエ教室をつぐんだから、いつまでもわがままは許《ゆる》されないのよ」

お母さんの強い口調《くちょう》に、あたしは思わず門にしがみついた。

「でも……それは……」

「とにかく、きょうはダメ。わかった？」

玄関《げんかん》のドアがバタンとしまる音がして、サリナがとぼとぼとやってきた。

「ゴメン、みんな。きょう、うち使えないって……」

「ま、ぼくはいいけどね。家で、カメラでもみがくかな」

ロボったら、新しいステップもおぼえたっていってたくせに。

「じゃあきょうは、ミケとあそぼーっと！」

ネコは、切りかえがはやいし……。

あたしは、練習できないことより、落ちこんでいるサリナを見ているのがつらかった。

「気にすることないよ。練習なんて、いつでもどこでもできるんだし！」

なんとか元気づけたくて、ポンッて肩《かた》をたたいた。すると、サリナの顔がパーッと明るくなった。

「さすがイッポ！　その通りだよね！」

ぎゅっと手をにぎられて、あたしは目をぱちくりさせた。

「やる気があれば、場所なんて関係ない！」

「え？」

思いがけない言葉に、あたしはとまどった。

「いこう！　わたし、いいところ知ってるから」

そういって、サリナはスポーツバッグをかついで歩きだす。ついていくと、住宅街《じゅうたくがい》をぬけてどんぐり公園に入っていった。

まさか！

「ここでやろう！」

「う、う〜ん……アイデアは、いいと思うんだけど。ほら、人が見てるよ？」

あたしは、あせってまわりを見た。遊具のコーナーには、小さい子たちとそのお母さんが、遊んだりおしゃべりしたりしているし、体操《たいそう》をしているおじいさんもいる。

「人に見られると、ますますダンスが楽しくなるよ！　あ、それとも、もっと人が多いほうがよかった？」

うれしそうにきかれて、あたしはあわてて手をふった。

「いやいや、これでじゅうぶん……です」

はぁ……。サリナったら、スポーツバッグから小さな音楽プレーヤーをとりだして、携帯用《けいたいよう》スピーカーにつなげている。音楽までかけるの？　っていうか、最初から外でやる気満々《まんまん》じゃない！

「きょうの音楽は、Ａ《エー》ガールズにしたよ。好き？」

「うん、好きだけど……」

Ａガールズときいて、ドキッとした。

一条《いちじょう》くんとのやりとりを思いだす。きのうの夜は迷《まよ》ったあげく、お風呂《ふろ》で歌うのはやめておいた。

「さぁ、はりきって、ストレッチやろー！」

サリナの号令で、あたしたちは腕《うで》をのばしたり、屈伸《くっしん》したりした。

「ねー、何やってんの？」

公園にいた小さい子たちが、目を輝《かがや》かせて走ってきた。

「まねっこしよー！」

そういってあたしたちといっしょに、ストレッチをしはじめる。お母さんたちは、にこにこしてこっちを見ているし……はずかしいよぉ。

「はい、体もあったまってきたことだし、まずは基本《きほん》ステップの復習《ふくしゅう》ね」

サリナは、あくまで自分のペースをくずさない。音楽をかけて、パンパンと手をたたいた。

「じゃあ、ダウンのリズムで……そのまま、ケンパー！」

アップダウンのリズムも、基本《きほん》のステップも、練習のおかげでかなり形になっていた。だからもっと上手にできるはずなのに、A《エー》ガールズをきくと、きのうの一条《いちじょう》くんのことを思いだしてどうもうまく音楽にのれない。

歌いたければ、歌えばいい……か。

合唱部のことがあって、家でしか思いきり歌わなくなったあたし。

大会で傷《きず》ついて、人前でダンスをしなくなった一条くん。

なんか、似《に》てる気がする。

あーあ。ぐるぐる考えちゃって、ちっとも楽しい気分になれないし、ステップもうまくふめない。もう、きょうは帰りたいかも……。

心の中でため息をついたとき。じっと見られているような視線《しせん》を感じてふりむいた。

「え、一条くん!?」

おどろきすぎて、心臓《しんぞう》が止まるかと思った。少しはなれたところに、エコバッグを持った一条《いちじょう》くんが立っていた。

「何やってんの？　こんなところで」

あきらかにバカにしたような顔をして、ななめ目線であたしたちを見ている。

きのう、あんなことがあったばっかりなのに、またこんなところで会うなんて！

「イッポが、どこでもいいから練習したいっていうから。だったら、ミッキーにも練習風景を見てほしいと思って」

え～!?

「あ、あたしはそんなこと……。それにサリナ、一条くんがここを通るってこと知ってたの!?」

あわてていうと、サリナはゴメーンって感じで舌《した》をだした。

「土曜は八百屋《やおや》さんで朝市をやってて、ミッキーが毎週買い物にいってて、近道にこの公園を通ることは知ってたけど……。だって、くやしいじゃない。わたしたちのダンスをバカにされたままじゃ」

そんなぁ！

「まだはやいよ！　どうして、そんなこと勝手に決めるの!?」

思わず大きな声がでた。

「どうして？　みんな、ずいぶんうまくなったじゃない」

サリナの言葉は、耳に入ってこなかった。一条《いちじょう》くんには、もっと上手になったところを見せたかったのに。ブリッジはまだまだだし、きのうのことだって、いいあいになったままで……。

あたしたちのただならぬ雰囲気《ふんいき》に、小さい子たちがはなれていってしまう。音楽もおわって、公園の中がしずまりかえった。

「あのさぁ」

一条くんが、めんどくさそうに口をひらいた。

「どうせ、サリナがむりやりさそったんだろ？　それなのに、ムキになってダンスなんてやることないじゃん」

はきすてるように、投げやりにいう。

「何のために、そこまでしてやるんだよ。取引のため？」

胸《むね》が、ズキンとした。

「たしかにきっかけは、そうだったかもしれないけど……」

うつむいていたあたしは、ゆっくりと顔をあげた。

「みんなとストレッチして、ステップをふんで、汗《あせ》を流してたら……そんなことは、すぐにどうでもよくなったよ！」

少しでも、うまくなりたかっただけ。夢中《むちゅう》で、体を動かしていただけ。

「取引なんかしなくたって、いっしょにわらって、苦労して、はげましあえる仲間が、ここにいるもん！」

「仲間がいればいいだけなら、別にダンス

じゃなくたっていいだろ？」

一条《いちじょう》くんも、ムキになっていいかえしてくる。

「それは……」

あたしはどうして、ダンスがしたいんだろう？

一条くんを見かえすため？　サリナと仲間でいつづけるため？

ううん、ちがう……。

そのとき、強い思いが、体の奥《おく》からつきあげてきた。

「あたしはダンスが好きだから！　仲間とおどりたい！　もっとうまくなりたい！」

はげしい風がふいて、ザザッと木の葉をゆらしていった。

「ぼ、ぼくだって！」

ロボが、メガネをおしあげた。

「別に、サリナにさそわれたからじゃない。いままでメガネとかいって、さんざんバカにしてきたやつらを見かえすんだ。『あいつ、すげーじゃん』って、ダンスでいわせたいんだ。いわせてみせる！」

ネコが、よっこらしょとさかだちをして、ぴょんっと立ちあがった。

「いままで、こんなことができても、なぁんの役にも立たなかったんだよねぇ。でも、ダンスなら活《い》かせるって、サリナが教えてくれた」

パーカーについた耳をゆらしながら、ニヤッとわらう。

「理由なんかなくたって、夢中《むちゅう》になれれば、それでいいんじゃないのぉ？」

ネコの目が、ギラリと光った。

あたしたちの間をぬけて、サリナがゆっくりと前に進んだ。一条《いちじょう》くんが、気圧《けお》されたようにあとずさった。

「ミッキーにくらべたら、わたしたちはヘタかもしれない。まだ、ヒップホップの基《き》本《ほん》のステップをおぼえてるところだもん。でもね、前よりずっとうまくなったんだよ。みんなといっしょなら、いつかミッキーに追いついて、追いこすことだってできるって信じてる」

サリナ……。

「ここにいるみんなといっしょなら、なんだってできる気がするの。みんなとダンスして、わたしは変わってみせる！」

「ふん。バカらし」

あたしたちをふりきるように、一条《いちじょう》くんが背中《せなか》を向けた。

「待って！」

あたしは、とっさにさけんだ。このまま一条くんを帰しちゃいけない。

『野間《のま》さんは、変わりたいって思ったことない？』

取引するとき、サリナはそういった。

あのときは、そんな気持ちに気づきもしなかったけど、サリナには最初からわかっていたんだ。あたしが、ほんとうの自分をおしかくしていたこと。

あたしだって……変わってみせる！

「みんな、おいで～！」

大きな声でいうと、はなれていった子どもたちがふりむいて、きょとんと首をかしげた。

「いっしょにおどろーよ！」

そう呼《よ》びかけると、顔を見あわせてこちらに歩いてきた。サリナも、ネコも、ロボも、何事かとまどっている。

「これから、お姉ちゃんがダンスをします。いっしょにおどってくれる人〜！」

子どもたちに向かって「ハーイ」と手をあげてみたけど、だれものってこなかった。

しょうがない！

「一条《いちじょう》くん、見てて！」

ぐっと、こぶしをにぎる。

やろう。だれのためでもない、あたしだけのダンス！

音楽プレーヤーのスイッチをおした。

いつもお風呂《ふろ》で歌っている、A《エー》ガールズの音楽が流れる。

アップテンポでノリがよくて、あたしの一番好きな曲！

「いくよー！」

まずはダウンのリズムをとって、左右に移動《いどう》しながら、頭の上でクラップ。つぎは前後に移動して、片足《かたあし》ジャンプ。体全体で、リズムを感じる。

きゃあきゃあいいながら、子どもたちもとびはねて、手拍子《てびょうし》をはじめた。

イントロがおわる。スッと息をすった。

♪いますぐおどろう　I《アイ》 wanna《ワナ》 dance《ダンス》!
　想いのすべてを　リズムにのせて

まぶしい太陽をはねかえすように、思いきり声をだした。最初は緊張《きんちょう》してかたかった声が、だんだんやわらかく、空に向かって広がっていく。

この感じ、ひさしぶり。このあたしが人前で、しかもひとりで歌うなんて！

みんなおどろいているけれど、声をだしたとたん、はずかしいって気持ちもふきとんだ。

歌いながらステップをふむ。縮《ちぢ》こまっていた体が、一気に解放《かいほう》されていく。いまなら、サリナがどうしてあたしをさそってくれたのか、わかる気がする。

ダンスのおかげで、あたしはまた、歌うことができた！　これはきっと、運命!!

歌いながらおどると、自然に手足がついてくる。おどりながら歌うと、自然にリズムにのれる。音楽が先か、ダンスが先かなんて関係ない。

音楽とダンスは、一体なんだ！

「サリナたちも、いっしょにおどろーよ！」

あたしがいうと、サリナ、ネコ、ロボがうなずきあった。

「じゃあ、ケンパーから！」

リズムにあわせて、みんなでケンパーをはじめた。子どもたちも、見よう見まねで、楽しそうにおどっている。

あたしは歌いつづける。

サリナものってきて、あたしたちに声をかける。

「つぎは、ボックスステップ！」

なんか、楽しい。みんなでおどると、ますます気持ちがノッてくる！

「ランニングマ〜ン！」

ネコがとびはねながらさけぶと、ロボが負けずに、

「じゃあつぎは、クラブステップだ！」

といって、横にステップして左ターン。逆《ぎゃく》にステップして右ターン。

そのとき、一条《いちじょう》くんがこちらを見ながら、かすかにリズムをとっていることに気がついた。あたしたちの足もとを見て、「ちがうだろっ」「そうじゃない！」ってさけぶ。

そして何度目かの「ちがう！」がとびでたあと、もうがまんできないというように、エコバッグをほうりだした。

「これが、クラブステップだ！」

うわ……！

スイッスイッスイッと、つま先とかかとがなめらかに動く。足をひらいてとじる動きが、きれいに決まる。キレがよくて、自由自在《じざい》で、かっこいい！　つづいてダウンのリズムで腕《うで》をふり、ジャンプして、ターンする。そのうち、あたしたちの倍の速さでリズムにのりだした。

ロボとネコの目がまるくなり、サリナがとびきりの笑顔になった。

あたしの歌で、あたしたちといっしょに、一条くんが楽しそうにおどってる！

胸《むね》が熱くなる。

歌おう！　もっと、もっと、大きな声で……。

――自由だ。

まるで、ちがう世界にときはなたれたよう。

あたしは、あたしのままでいい。

そんなふうに感じられることがうれしかった。

サリナやみんなといっしょに、あたしも見つけたい。あたしだけのダンス！

よーし！

「ラスト、いきまーす！」

あたしは勢《いきお》いをつけて、両手を地面についた。動きを止めたネコとロボが、声援《せいえん》を送ってくれる。

「イッポ、がんばれ！」

「いけーっ！」

サリナも一条《いちじょう》くんも見ている。

体育倉庫で、あんなに練習したんだもん！
さかだち、そしてブリッジ！
世界の景色が、ぐるりとさかさになった。
このまま勢《いきお》いをつけて、一気に……！
「うぎゃっ」
どぉっと背中《せなか》からたおれこみ、砂《すな》けむりがあがった。
そして、茶色いけむりのあとは……。
すっきりと晴れた、青い空。

「あ〜あ、やっぱり、まだムリかぁ」

最後、カッコわる〜。

小さな子たちも、わらいながらいってしまった。

でも……。

あたしは、くすくすとわらった。カッコ悪いのに、すっごく気分がいい。

サリナが、手をのばしてきた。あたしもその手をとる。最初のときと同じように、じんわりと心があったかくなった。

声にださなくても、伝わってくる。もう、取引なんて関係ないっていうこと。

「ラスト、もうちょっとだったのになぁ」

砂《すな》をはらいながらくやしがるあたしを、一条《いちじょう》くんはむすっとした顔で見た。

「オマエなぁ。まだ、初心者だろ？　いきなり大技《おおわざ》使うなよ！　無茶しやがって」

「だって、一条くんのブリッジがかっこよかったから……。ストレッチだって、ちゃんとやったよ」

また、怒《おこ》らせちゃったみたい。

するとー条《いちじょう》くんが、ポケットから何かをとりだした。

「ほらっ」

さしだしたその手には、ばんそうこう……？

「左手！」

いわれて左のてのひらを見ると、すり傷《きず》ができて、血がにじんでいた。いままで気づかなかったのに、とたんにピリッといたみを感じた。

「あ……ありがと」

「おどるときは、場所を考えろ！　ったく」

ぶっきらぼうで、不器用《ぶきよう》で、おっかないけど……やっぱり、やさしいかも！

「しかしおまえら、すげぇ……」

一条くんが、しみじみといった感じで、あたしたちを見まわした。

あたしたちがすごいって？　一条くんの心を動かすくらい？

「……ヘタだな」

え～、そっち!?

「リズムもステップもめちゃくちゃ。よくあんなんで、人前でおどれるよなぁー
ううう……。そこまでいう!?

「ヘタすぎて、つきあってらんねぇ」

そうつぶやくと、一条《いちじょう》くんはくるりと背中《せなか》を向けた。エコバッグを持って歩きだす。

「ミッキー!」

サリナが、言葉を投げかけた。

「月曜、また、マラソンむかえにいくからさぁ!」

ロボが、足をふみだした。

「こ、こいよ! ぼく、男ひとりなんて、ほんとうはイヤなんだっ!」

ネコが、まねきねこの手をした。

「ミッキーちゃんも、変なやつだから、だいじょうぶにゃん!」

あたしは……あたしは、なんていおう。

「あの、あの……」

ああ、一条くんが、いっちゃう。声が届《とど》かなくなる。もらったばんそうこうを、ぎゅっ

とにぎりしめた。

いまならいえる。胸《むね》をはって、いえるはず！

「あたし……、好きなの！」

みんなが、目をまるくしてあたしをふりかえった。

えぇ!? じゃなくて！

「だ、ダンスが！ もっともっと、おどれるようになりたい！ だから、今度、教えて！」

し、心臓《しんぞう》が、破裂《はれつ》する～！

お願い……返事をして。

みんなが、一条《いちじょう》くんの言葉を待った。

でも一条くんは、何もいってくれなかった。ふりむきもしなかった。

ただ。

右手をあげて、その指で、ブイサイン。

それって……それって……。

「やったぁ！」

あたしたちは、とびはねて、だきついて、肩《かた》をたたきあった。

「ダンスチームが、作れる！」

佐久間《さくま》先生、このメンバーを見て、どんな顔をするだろう？

想像《そうぞう》しただけで、わくわくする！

あたしたちのダンスを見つけよう。

魂《たましい》がはじけるようなダンス、きっとできる。

心の奥《おく》で、まだ心地よいリズムが響《ひび》いていた。

あとがき

工藤純子

　みんなは、ダンスをやったことがありますか？　わたしはほとんどやったことがないけれど、中学生のときのフォークダンスは、よくおぼえています。かんたんな動きをくりかえすだけでも、音楽にあわせておどるのはとっても楽しいし、気になる男の子とおどれるかどうか、ドキドキしたことも心にのこっています。

　ダンスって、見ているだけでも楽しいけれど、やっぱり自分もおどれたらなって、あこがれますよね。この本を書くために、プロのダンサーの舞台《ぶたい》も見にいきましたが、迫力《はくりょく》があってワクワクして、体がうずうずしちゃいました。でも、ダンスなんてむずかしそう、あんなふうにおどるなんて絶対《ぜったい》にムリって、つい思ってしまいます。

　主人公のイッポも、そんな女の子です。一条《いちじょう》くんのダンスを見て、「あたしもあんなふうにおどってみたい！」ってあこがれるけど、運動は苦手《にがて》だし、体はかたいし……と、最初はうじうじ。それでもイッポはダンスをはじめて、仲間といっしょにがんばります。そして、どんどんダンスが好きになって、その魅力《みりょく》にはまっていきます。

好きっていう気持ちは、何よりも大切です。プロのダンサーや、歌っておどるアイドルだって、みんな運動神経《しんけい》がよくて、むかしからダンスをやっていた人たちばかりではありません。それよりも、とにかくダンスが好きで、うまくなりたくて努力してきた人のほうが、ずっと多いんです。

イッポたちの「ダンスが好き！」という気持ちは、これからどんなお話をつれてきてくれるでしょう？　次回は、いよいよ佐久間《さくま》先生にコーチをお願いしますが、なんだかワケアリで……。さらに、一条くんのライバルだった男の子がやってきて、ダンスバトルをしようっていいだして……!?　どうぞ、お楽しみに！

最後に、作品にすばらしいイラストをかいてくださったカスカベアキラ先生、そして内容をチェックしてくださった、ダンサーの西林素子《にしばやしもとこ》さん、どうもありがとうございました！

作◉工藤純子（くどう・じゅんこ）

東京都在住。てんびん座。AB型。

「GO！GO！ チアーズ」シリーズ、「ピンポンはねる」シリーズ、『モーグルビート!』、「恋する和パティシエール」シリーズ、「プティ・パティシエール」シリーズ（以上ポプラ社）など、作品多数。『セカイの空がみえるまち』（講談社）で第3回児童ペン賞少年小説賞受賞。

学生時代は、テニス部と吹奏楽部に所属。

絵◉カスカベアキラ（かすかべ・あきら）

北海道在住の漫画家、イラストレーター。おひつじ座。A型。

「鳥籠の王女と教育係」シリーズ（集英社）、「氷結鏡界のエデン」シリーズ（富士見書房）など、多数の作品のイラストを担当。児童書のイラスト担当作品としては、『放課後のBボーイ』（角川書店）などがある。

学生時代は美術部だったので、イッポたちと一からダンスを学んでいきたい。

図書館版 ダンシング☆ハイ
強引な天使とダンスの王子さま!?

2018年4月　第1刷

作　工藤純子
絵　カスカベアキラ
発行者　長谷川 均
編集　潮紗也子
発行所　株式会社ポプラ社
〒160-8565　東京都新宿区大京町22-1
振替　00140-3-149271
電話（編集）03-3357-2216
（営業）03-3357-2212
インターネットホームページ　www.poplar.co.jp
印刷・製本　図書印刷株式会社
ブックデザイン　楢原直子（ポプラ社）
ダンス監修　西林素子

ISBN978-4-591-15774-9 N.D.C.913/221p/20cm

本書は2014年10月にポプラ社より刊行された
ポケット文庫『ダンシング☆ハイ　強引な天使とダンスの王子さま!?』を図書館版にしたものです。